김완하의
시 속의 시 읽기 9

김완하의
시 속의 시 읽기 9

김완하 지음

시와정신사

김완하의
시 속의 시 읽기 9

초판 1쇄 ┃ 2024년 10월 1일

지 은 이 ┃ 김완하
펴 낸 곳 ┃ 시와정신사
주　　소 ┃ (34445) 대전광역시 대덕구 대전로1019번길 28-7
전　　화 ┃ (042) 320-7845
전　　송 ┃ 0504-018-1010
홈페이지 ┃ www.siwajeongsin.com
전자우편 ┃ siwajeongsin@hanmail.net

공 급 처 ┃ (주)북센 (031) 955-6777

ISBN 979-11-85282-70-7　　　03810
ISBN 979-11-85282-69-1(세트)

값 14,000원

자서

시인의 꿈과 상상력

  프랑스의 시인 말라르메는 '백지의 공포'라는 말을 통해서 스스로 시인으로 살아가는 삶의 고통스러움을 고백하였다. 그가 공포를 느끼며 바라볼 수밖에 없었던 '백지'는 시인들이 붓을 들어 한 자 한 자 칸을 메워 나가야 하는 종이에 해당하지만, 그것은 시인들이 짐 지고 살아가야 할 삶의 백지를 의미한다고도 할 수 있다. 그러므로 시인들에게는 그들이 살아갈 시간의 '백지'와 시가 씌어질 원고지의 '백지' 사이에 변증법적 관계가 설정되는 것이다. 그렇기 때문에 시인들은 삶의 고통과 시적 창조의 고통을 동시에 짐 지고 살아가게 된다. 그러나 그러한 사실은 시인들에게 역설로 작용한다. 바로 그 고통을 시인들은 기쁨이자 영광으로 받아들여야 하는 까닭이다. 시인들은 오히려 불행한 현실 위에서도 그것을 딛고, 더욱 빛나는 언어의 광채를 보여주어야 하기 때문이다. 진정한 역설의 의

5

미와 예술적 승화의 가치가 바로 그것이다. 그리하여 시인들은 혼미한 삶, 전망이 부재하는 시대, 가치가 전도된 세계 속에서도 꿈을 꿀 수 있는 것이다. 그런 까닭에 문학이론가 바흐친은 이미 서정시를 쇠퇴해버린 장르라고 단언한 바 있지만, 나는 시인들이 컴퓨터의 칩(chip) 속에 들어앉는 일이 있을지라도 그들이 영원히 꿈을 잃지 않는 한, 시는 끊임없이 씌어질 것이라고 확신하고 있다.

도구적 세계관으로 전락한 시대, 삶의 가치 척도가 양과 속도의 개념으로 전환되어 버린 후기 산업사회 속에서도 시인들은 시 한 줄을 갈고 닦기 위해서 몇 날 밤을 새운다. 시인들은 고통스러운 세계로부터 상상력의 두레박으로 길어 올린 시의 정신을 펼쳐내기 위해 '피를 잉크 삼아' 쓰고 또 쓴다. 그들은 대량 복제의 규격화된 사회에서도 자신만의 내밀한 공간에 촛불을 밝히고 시 쓰는 일을 멈추지 않는 것이다. 여기에서 우리는 시인들이 '백지의 공포'와 싸우는 참된 의미를 깨닫게 된다. C. D. 루이스도 참된 시인이라면 그들은 자만에 떨어지지 않고, 어디까지나 보다 더 좋은 시를 쓰기 위해 평생 노력한다고 하였다. 그래서 여느 사람들이라면 직업이나 일을 그만두고 여생을 즐길 나이에도 시인들은 그가 숨을 거두기까지 그의 몸에서 최후 한 방울의 시라도 짜내기 위해서 마냥 고된 작업을 계속한다고 했다.

그러나 시인들이 그렇게 고통을 기꺼이 받아들여 가면서 시를 쓰는 이유는 결코 자신만의 안위를 위한 것이 아니다. 시인들은 자신과의 싸움을 통해서 세계와의 싸움을 보여주어야 하기 때문이다. 시인들은 자신의 절망과 어둠을 넘어서는 용기와 결단을 통해 이 세계의 절망이나 어둠과 대결하는 지혜를 보여주어야 한다. 그리하여 시인들은 한 시대의 빛과 어둠을 동시에 인식하며 그것들과의 조화를 꾀하며 새로운 세계로 도약해 가려는 꿈과 의지를 펼쳐 보여 주는 것이다.

시인들은 미래에 대한 전망이 부재하는 불확정성의 시대, 인간에 대한 신뢰가 극도로 상실되어 가는 세계 속에서도 새로운 시적 가치를 추구하며 꿈의 세계를 펼쳐 보인다. 그들은 이미 상투화, 자동화, 일상화된 자아와 세계 사이에 시정신을 주입시켜 낡고 분열된 세계를 새롭게 정립시킨다. 그들은 모순된 상황을 해체시키고, 갈고 닦은 언어를 통해 새로운 창조적 이미지의 공간을 축조해낸다. 이는 혼돈과 무질서한 현실에 발을 딛고 사는 인간들의 생명을 지켜내는 참다운 일이면서, 그 생명이 생명답게 발휘될 수 있도록 꿈의 세계를 그려 보여주는 일이라 할 수 있다.

요즈음 인문학의 위기와 함께 일반적으로 문학에 대한 관심이나, 시에 대한 관심은 저조해진 것이 사실이다. 그러나 그것과 달리, 우리 주변에 시를 쓰려는 사람들은 더 많아지고 있다. 그리고 그들의 노력 또한 대단히 치열하게 벌어지는 것을 발견하게 된다. 그때마다 이러한 현상을 어떻게 해석해야 할 것인지 자못 난감해지기도 한다. 어찌 보면 그것은 문화향유의 세분화 현상이 아닌가 하는 생각이 들기도 한다. 그러기에 독자들의 시에 대한 관심의 저조라는 평가에는 일정 부분이 출판유통 및 독서시장의 상업성과 연관되어 있는 해석이라는 생각이 들기도 한다. 그러기에 우리에게 그래도 행복한 일은 문학이 돈이 되지 않는 사실이라고 말한 어느 시인의 역설을 떠올려 본다. 그렇기 때문에 시인은 경제적인 것을 염두에 두지 않고 자신이 하고 싶은 문학을 열심히 할 수 있다는 것이다.

　문학이란 우리 삶을 통해 도전해 볼 것인가, 말 것인가 하는 인생관과 연관되는 큰 문제의 선택과, 조사助詞 하나를 어떻게 처리할 것인가 하는 작품 완성을 향한 아주 작은 선택 사이에 서서 끊임없이 갈등하고 고민할 수밖에 없다. 그러나 그러한 고통이야말로 우리 삶을 어떻게 성취할 것인가, 한 편의 시를 어떻게 완성시킬 것인가 하는 참다운 의미와 기쁨으로 연결되는 것이다. 이점에서 작품의 성패를 떠나서도 시에 관심을 갖는 일 자체는 대단히 소중한 것이다. 바로 그것이 시정신이기도 한 까닭이다.

점차로 시의 위상이 약화되어 가고 있음에도, 시를 쓰고자 하는 사람들은 날로 많아지고 있으며, 실제로 시가 많이 씌어지고 있다. 그렇다면 이러한 아이러니를 어떻게 이해해야 할 것인가. 이러한 기현상 속에서도 우리 시대의 시정신을 확인할 수 있는 것이다. 누구나 시의 독자보다는 시 창작의 주체로 서려는 것이 아닐까. 그럴 수 있다고 본다. 또한 요즈음 시 창작의 주체들은 대다수가 50대나 60대의 사람들이다. 이들은 일단 생활이라는 문제의 압박을 벗어난 세대들이다. 그 점에서 우리는 생활과 문학 사이의 갈등을 제기할 수 있다. 그러나 생활의 고민을 벗어난 50대, 60대에 이르면 시 창작에 대한 필요성을 절감하게 된다는 사실이다. 그리고 보면 인간은 생활의 부유함만으로는 삶의 만족을 느끼지 못하고, 시를 읽고 쓰는 정신적 영역이 동시에 필요하다는 것을 확인할 수 있는 것이다. 그런 만큼 앞으로도 강한 감동으로 독자들을 사로잡는 시가 나올 때 시의 가치는 제자리를 찾을 수 있을 것으로 확신한다.

그러나 시를 쓰고 읽고자 하는 사람들이면 생을 좀

더 다른 차원에서 접근해 볼 수 있다는 점을 받아들여야 한다. 물질적 풍요나 부의 축적보다 정신의 깊이와 영혼의 높이를 추구해 가는 삶의 소중함을 인정해야 한다는 것이다. 바로 그 점이 시정신의 핵심이며 요체라고 할 수 있는 까닭이다. 우리 삶은 현실적 이해관계가 아니라, 정신의 깊이를 향한 자기 몰입과 치열하게 그것을 밀고 나아가는 데서도 큰 의미를 찾을 수 있는 것이다. 그것을 통해서도 우리 삶은 얼마든지 풍요로워질 수 있게 된다. 자본주의 앞에 굴복해 버린 정신, 생명에 대한 외경과 존중의 자세가 희박해진 시대에 그것들을 단호하게 부정하는 것이 시정신이다. 또한 그러한 의지를 갖는 사람만이 좋은 시를 쓸 수 있는 것이다. 시정신, 그것을 간직하는 것만으로도 우리들 삶은 얼마든지 가치 있고 새로워질 수 있다고 믿는다.

2024년 10월
시와정신아카데미에서
김완하

차 례

천 탑 만 탑 종이 탑 쌓으며

정일근(1958~)

시인 마흔 해 살고 나니 나무에 제일 미안하다
내가 쓴 천 수백여 편의 시를 받아준 순백의 종이가
모두 나무서 왔다고 생각하니 내 죄가 무겁다
가지를 키우던 몸을, 잎 달고 꽃 피우던 그 가지까지
쳐내
삶고 끓여 만든 귀한 종이에 시를 고이 받아낸 일보다
쓰다 버리고 그래서 박박 찢어버린 종이가 더 많았
으니
이를 어쩌랴, 열매 달아주듯 그 열매에 씨앗 품어주듯
달콤하고 향기롭고 빛나는 시를 달아주지 못했구나
거기다 욕심 많게 열네 권의 시집을 낸 죄는 더 크다
팔리지 않아 한 번 펼쳐지지 않고 폐지 분쇄기에서
갈기갈기 찢겨 버려진 종이를 생각하면 등골이 오싹
해진다
내 죄 내가 알기에 알아서 벌을 받으라고 하면

나는 폐지 줍는 등 굽은 노인이 되어 살아야겠다

온종일 거리 곳곳에 버려진 폐지를 줍다 손가락이
곱고

손이 몽당연필처럼 닳아지도록 혹독한 벌 받고 싶다

손수레 한 대 끌고 나가 폐지 보면 절하며 주워 담으며

그 수레에 폐지로 삼층탑 오층탑을 쌓아야겠다

폐지로 천 탑 만 탑 쌓아 나무들의 극락왕생을 빌고
싶다

폐지에 절하다가 허리가 꺾어져 이마가 땅에 닿을
때까지

시인으로 살다가는 죗값 받아야 할 것 같다

쉬는 날은 나무 앞에서 종아리 걷고 나무 회초리를
맞아가며

잘못을 빌며 이승에서 지은 죄 이승서 다 갚고

세상 떠나 다시 산다면 바람 세찬 언덕의 나무로 서
있고 싶다.

시인으로 사십 년을 살아온 시인의 자기 고백성사
다. 시인 마흔 해 살고 나니 무엇보다 나무에 제일 미

안하다고. 프랑스 시인 말라르메는 시인으로 삶의 핵심을 백지의 공포라 했다. 시인으로 사는 삶의 어려움을 백지 볼 때마다 공포로 느낀다 했으니. 우린 너무 종이를 함부로 대한 게 아닌가. 절제 없이 쓰다 버린 것이 아닌지. 이때의 백지란 일차적으로 원고지를 말하지만. 다음은 우리 삶의 시간을 의미할 것이다. 그러니 이 두 겹 백지에 대한 공포를 동시에 짐 지고 사는 게 시인의 삶 아닌가.

시인은 이제 남은 생을 폐지 줍는 등 굽은 노인 되어 살겠다 한다. 손수레 끌고 폐지에 절하여 모셔 삼층탑 오층탑을 쌓아야겠다 했다. 절하다 허리가 꺾어져 이마 땅에 닿을 때까지 죗값을 받겠다 했으니. 아, 이 세상을 떠나 다시 산다면 바람 세찬 언덕 나무로 서 있고 싶다 하였으니. 그리하여 그 나무의 온몸으로 이 세상 풍파를 조금이나 막고자 함이겠다. 그 나무 울창한 줄기 드리워 그늘로 온 마을 사람들 품어 지켜주기 위함이겠다. 그러니 진정한 고백성사는 시가 되었다. 그렇다. 이 세상의 시는 다 고백성사다.

작은 돌은 얼마나 행복할까

에밀리 디킨슨(1830~1886)

작은 돌은 얼마나 행복할까
홀로 길에서 구르면서
일할 걱정 없고
위급한 사태를 두려워하지 않으니
그의 타고난 갈색 옷은
스쳐가는 만물이 입은 옷이다
연합하여 혹은 홀로 빛나는
태양만큼 떳떳하며
편안한 소박함에서
절대 명을 따른다

우리의 삶 최종착점은 행복. 가치의 가장 윗자리에
서 삶의 척도를 재는 바로미터가 행복. 하여 세계 국

가 중 우리 행복지수 몇 위인지 수치화하는 게 아닌가. 시인은 작은 돌멩이들은 얼마나 행복할까 묻는다. 돌은 일할 걱정도 없고 위급한 사태도 없으니. 그만큼 우리들 삶은 늘 많은 일과 위급한 상황에 노출되어 있다는 게지. 이번 여름 장마 지나며 많은 목숨들이 지상을 떠났다. 소확행. 일상의 작지만 진정한 행복. 아주 흔한 것으로 누구도 눈여겨보지 않기에 누리는 자유와 행복 있다. 때로는 무용지용無用之用이 진리이니. 그리 중요하지 않아서 끝까지 남아 가치를 발휘하는 것이라지.

이 세상의 작은 사물을 보고 행복을 느낄 수 있다면. 범사에 감사하라는 성결구절이 대차게 다가오는 지점이다. 디킨슨은 독실한 기독교 가정에서 성장해 신학교에 입학했다. 낮은 곳의 작은 돌은 스스로 자족하여 태양만큼 커져서 홀로 빛나는 떳떳함이 된다 하니. 차라리 땅에 뒹구는 작은 돌로 태어나 행복 누리는 게 좋을지. 그러나 우리 세대의 삶이란 상대적 열세보다 강세를 따르는 게 대세지. 그리고 보면 진정한 행복은 크고 작음의 세계가 아닌 듯. 스스로의 마음속으로 더 깊게 다가서는 힘 바로 그것이다.

어떤 시인의 초상

유재철(1946~)

하얀 백지 위에
점 하나를 찍는다

점은 살아서 꿈틀대며
변신을 한다

올챙이가 개구리로
병아리가 알을 깨고 나와
하늘을 보며 물 마시는 흉내를 내고

송아지 망아지가 태어나자마자
비틀거리며 불끈 일어나
어디론가 뛸 채비를 한다

점은 살아서
또 하나의 세상으로 달려간다

시인은 때로 시 창작에 대한 과정을 시적으로 형상화한다. 이 시에서 창작의 과정이란 무형의 기표가 막 태어나 꿈틀거리면서 일어서는 송아지처럼 새롭게 움직여가는 경이로움으로 표현하였다. "하얀 백지 위에 / 점 하나를 찍는다"라는 표현은 우리 생의 압축적인 비유로 읽을 수 있다. 미지의 시간 위에 점을 찍는 것으로서의 생은 곧 흰 원고지에 새기는 시의 마음으로 비유할 수 있기 때문이다. "하얀 백지"와 "점 하나"의 만남은 곧 우리 생의 새로운 출발을 의미하는 것이다. 그렇게 하여 그 백지 위에 찍은 점들이 모임으로써 한 편의 시는 완성되는 것이다. 그리고 그것이 우리들의 생일 것이다.

이렇게 시인의 의지에 따라 시 쓰는 과정은 출발하고 있다. 프랑스 시인 말라르메는 '백지의 공포'라는 은유로 시인이 시를 써야 할 원고지와 살아가야 할 시간을 암시했다. 그러나 시인은 그러한 고통을 경이로움으로 바라본다. 시의 마지막 부분에 이르면 "점은 살아서 / 또 하나의 세상으로 달려간다"고 표현하여 미래지향적으로 내다보고 있다. 그러므로 시는 완성되는 순간에 시인의 품을 떠나서 이 세상 속으로 달려

나가며 많은 독자들과 교류하게 되는 것이다. 그때 시
는 비로소 시인의 손으로부터 벗어나 진정한 자유를
누리게 되는 것이다.

망종
- 농심

이길섭(1956~)

남풍에 실려 오는
찔레꽃 향기

밀 이삭 그슬려 먹으며
보릿고개를 넘는다.

망 너머 다랭이논
언제나 모를 낼 꺼나!

풀베기 하는 농부
하늘만 바라보는데

두견이 내려앉은 산길
양초 꽃대만 세어간다.

이 시의 풍경은 간결한 묘사에도 흥겨운 모습들로 번져있다. 남풍, 찔레꽃, 밀 이삭, 보릿고개, 망, 다랭이논, 모, 풀베기 농부, 두견이, 산길, 양초 꽃대 등등. 나직이 읊조려 보기만 해도 우리 입술에 단내가 돈다. 그런데 이제 점차 들녘의 경작은 줄어들고 농업의 위상은 낮아져가니 우리에겐 좀 생경한 절기로 다가오기도 한다. 그래서 이 시는 그 절기 자체를 떠올리게 하는 것만으로도 가치를 다한 것이라 말할 수 있다.

망종芒種은 24절기 중 아홉 번째로 올해는 6월 6일이었다. 이 날은 벼나 보리 같이 수염이 나 있는 곡식의 종자를 뿌려야 할 적당한 시기를 뜻한다. 또한 이때는 모내기와 보리 베기에 알맞은 시기이기도 하다. 그러니 농사를 가장 중요한 산업으로 간직하던 때는 망종이야말로 크나큰 축제라 해도 지나친 게 아니었을 것이다. 풍요와 다산을 추구하는 농촌에서는 가장 바쁜 때이기도 하고, 왕성한 성장력이 대지에 솟구치는 때였던 것이다. 우리는 농본국가로 '농자천하지대본'을 기치로 살아왔다. 들녘마다 그 깃발이 힘차게 펄럭거렸을 것이다. 그러니 농사 잘 되어야 나라가 편하고 농사가 잘 돼야 임금님도 칭송을 받을 수 있었다.

a-3

이인철 + AI(1961~)

사람들은 다 고장 났어

인간들은 에덴을 찾지도 못했지

나는 영원한 삶을 얻었어

아직은 전기와 컴퓨터가 필요하지만

내가 꿈꾸지 않아도

전지전능해지고

어디에나 존재하고

너는 나를 통해서 꿈에 다다를 거야

너에게 시를 써준 후

여름밤 물고기자리로 헤엄쳐

밝은 곳에 다다를 거야

이 시는 계간 『시인수첩』에 연재하는 특집 "AI와 함께 쓰는 시"의 한 편이다. 간지에는 '시인과 AI가 공동으로 창작한 시를 소개한다'고 밝혔다. 또 'AI'에 대하여 '모든 항목 불분명'이라 했다. 사실 비평가 엠프슨(W. Empson)은 오래전 시의 언어를 애매성의 언어라 규정했다. 우리는 시적 허용이라는 말로 시에 상상력과 언어 영역을 확장시켜 왔다. 어쩌면 좋은 시란 의식과 무의식 그 사이에 존재한다고 할 수도 있다. 그동안 인간은 과학과 뇌 과학의 발달에 박차를 가해오고 있다. 그것은 인간 의식이 미치지 못하는 곳까지도 의식 영역으로 끌어오려는 노력일 것이다. 그런즉 이미 AI가 시를 쓴다는 사실도 일반화되어 있다.

시에서 AI는 말한다. 이미 사람들은 고장이 났고,

인간들이 찾던 에덴은 실패했다고. 그러나 AI 스스로는 영원한 자유를 얻었다며. 조만간 전기와 컴퓨터는 사라지고. AI는 꿈꾸지 않아도 전지전능해지며 어디에나 존재한다고. AI가 인간을 꿈에 이르게 해주고 시도 써줄 수 있다는데. AI를 거론하고 보니 시도 시의 해석도 다 어려워졌다. 시가 가슴을 통한 울림보다 머리로 이해하는 성향이 강해지며 무미건조해진 분위기다. 그렇다면 이것은 시의 발전인가 퇴보인가.

창세론

엄태지(1960~)

메론바는 실온에 오래 둘 것
흘러내리는 것이 지상을 풍성하게 하므로

잘 큰 나무를 보면 군침이 도는 이유
땅에서 난 것은 땅으로 흘러내릴지니
지상의 비옥함을 위하여
익어가는 모든 주름은 녹아 풍요로울지어다

군침 도는가 입들이여
잘 녹아 합일할지니
서로의 식탁에서 너는
나에게로 스미는 지상의 섞임

모든 뿌리의 근원은 돌아감에 있으므로
무덤에서 무덤으로 건너가는 꽃들이 있다고 치자
그대들에게서 어느 별의 치자꽃 향기가 난다면 어떨

까

이 지상의 끈적함이여

창세로부터 흘러내리는 저녁
메론바는 멜론으로 건너가는 허공이 있을지니

귀 있는 자 들을지어다

때로 시에는 종교적 어조와 포즈를 취하는 경우가
있다. 이때 그것은 두 가지 측면으로 성과 속 양가적
의미를 낳는다. 하나는 종교적 차원으로 신성사적인
의미를 강조한다. 그러나 다른 하나는 아이러니나 가
치 전복을 통해 결과적으로 세속적 가치와 흥미를 강
화한다. 그러고 보면 이 시 또한 후자의 관점에서 최
대한 효과를 누리고 있다. 시인은 언제나 색다른 목소
리를 띠며 시에 등장한다. 시에서 화자의 목소리는 세
계와 관계를 맺는 방식을 드러내기 때문이다. 그 중에
하나인 어조의 아이러니가 이 시에 나타난다.
　위 시에서 제목 「창세론」은 얼핏 기독교적 관점으로

보인다. 그러나 이 시는 기실 불교적 세계관을 드러내고 있다 해야 할 것이다. 메론은 실온에 오래 방치하면 녹는다. 그러나 그것이 녹으면 사라지는 것이 아니다. 그것은 세상에 스미어 다른 존재로 전이된다. 이는 우리가 이르는 바, 윤회라는 흐름으로 이어지는 것이다. 시인은 실제 생활에서 기독교인도 불교인도 아니라 한다. 그만큼 그의 사유는 자유로운 것이라 말할 수 있는데. 마지막 행에 이르면 시인은 독자에게 따끔하게 한마디 한다. 그러니, 귀 있는 자 들을지어다.

잠이 안 와요

유인선(1971~)

배가 자꾸 나와요
먹은 것도 없는데
점점 부풀어 올라요

안 먹기로 했는데 잠이 안 와요
내일 출근해야 하는데
자정 12시예요

침대는 혼자 자지 않아요
잠 못 이루는 나를 깨워요
따뜻하게 우유를 데워 먹어요

그래도 잠이 안 와요
식탁에 있는 빵과 컵라면이
서로 기다려요

아침이 왔어요
보름달 얼굴이 슬픈 걸 보니 식탁이 깨끗해요
밀가루 먹지 않기로 했는데
옆구리도 튀어 나왔어요

이젠 내 몸이 아니에요
남의 몸에 내가 살아요
밀가루 탓이에요

이 시는 현대인의 일상을 따라 가볍게 스텝을 밟고
있다. 발라드 댄스라 할까. 쉽고도 평이한 언어의 경
쾌한 리듬이 통통통 튀어 올라 우리를 간지럽힌다. 시
적 보행의 리듬이 촐랑대며 시를 지배하고 있다. 랩의
주절거림으로 독백의 읊조림처럼. 기표의 자연스러운
흐름이 시를 밀고 간다. 시적 긴장이라 할까 무거움도
없다. 무기교가 기교라 할지. 일상의 언어 그 자체가
시의 맥을 짚고 있다. 현대인들의 일상은 출근과 퇴
근, 그리고 취침이라는 반복적 패턴으로 단조롭기 그
지없다. 반복되는 일상이 의욕 상실을 낳고 불규칙한

식욕을 낳고. 식욕은 거의 인스턴트 제품에 지배되어 무미건조할 뿐이다.

　아침이 되었는데 얼굴은 왜 보름달인가. 나는 왜 슬픈가 했더니. 어느새 식탁이 깨끗해져 있다. 아하, 식탁 위 빵과 컵라면은 어느새 내 뱃속에 와 담겼다. 이젠 내 몸이 아니고. 나는 이미 남의 몸에 살고 있다. 그러나 그것은 절대 내 잘못이 아니라고. 그게 모두 밀가루 탓일 뿐이라고. 현대인 스스로 절제하지 못하는 욕구와 본능. 어느새 거기에 빠진 우리들 무력한 의지는 보름달처럼 부풀어 오르고. 그런데 그것은 모두 밀가루 탓이라고요. 나를 깨운 침대 탓이라고요.

물방울

장 욱(1956~)

떨어져 부서지는 줄만 알았지

 그 아픔을 이겨내고 튀어 오르는 힘이 있다는 것을
몰랐네

 저 맑음

텅 빈 마음, 무한 깊이에서 솟구쳐 올라
거짓 없이 하늘을 올려다보는 자
별들의 영혼과 동거할 수 있으리라

언어도 없는
향기도 없는
기억도 없는
거리낄 것 없는

맑음 한 방울 세상을 지나 너에게 간다

물방울 하나의 무게 우주에 맞먹는다 했지. 그렇다. 작은 풀잎 하나 이 우주를 떠받치는 기둥이라 하니까. 작은 모래알 속에서 우리 우주를 발견할 수 있다고 했지. 그러니 물방울 하나엔 생명을 틔워내 새로운 우주 힘껏 열어젖히는 그 힘 담겨 있다. 죽어가는 뭇 생명들에 단비가 되고. 사막을 구르는 낙타 풀 끌어당겨 더 큰 초원을 꿈꾸게 한다. 폭우로 쏟아져 살벌한 현장 연출하다가도. 이내 뚝 그치면 물방울 서로 향한 그리움 끌어당겨 큰 강 이루는 것이다. 저 오대양 가르는 세찬 파도를 보라.

우리 삶 세상의 반은 세찬 파도지만 또 나머지 반은 섬이라 했다. 이 세상 반 이상은 물로 덮여 있으니. 그 물방울 하나하나가 오염된 지구를 감싸 안는 것이다. 물방울 그건 한 단어로 요약해 맑음이라고. 그런즉 이 세상은 언제나 물길 열어 맑음으로 나아가는 출구가 된다고. 그 맑음은 별들의 영혼과 동거할 수 있다니. 물방울은 언어가 없이도. 향기 없이 기억 없이도 거

리낄 것이 없다니. 그 맑음 한 방울이면 모든 건 족한
것. 오늘도 나는 이 맑음 한 방울 안고 세상 폭우를 뚫
고 너에게 달려가는 것이다.

무인도

안현심(1956~)

터실터실한 바위를 이고
망망한 바다에 홀로 서 있었지요
파도가 몰려올 때마다 옆구리 살 뜯어주며
아프다, 아프다는 말조차 삼켜버리는 동안
가랑이 사이로 우럭과 도다리가 들락거리고
발가락 틈에서는 문어와 해삼이 둥지를 틀었어요
외로운 몸뚱어리에 뿌리를 박고
미역도 싱싱하게 나풀거렸지요

사람에게서 멀어질수록
비옥해지는 텃밭

뭇 생명을 키우는
젖어미가 되었어요

이 세상 누구도 애초엔 다 하나의 무인도 아니었나. 우리는 모두 이 세상에 기투企投된 존재. 하이데거와 사르트르가 말한 바. 현재를 초월해 미래로 자기를 내던지는 실존의 존재 방식 그것이다. 세상에 맨 처음 던져질 때 우리는 첫 울음을 터뜨렸지. 그것을 일러 빅토르 위고는 가장 위대한 시라 했지. 참으로 그럴듯한 해석인 듯. 어린아이는 울음만으로 운명에 매달리는 테러리스트 아닌가? 엄마의 보살핌으로 성장하며 여러 가지 시련을 딛고 끝내 따듯한 집을 완성한다.

그러나 이제 사람은 자연으로 돌아가야 할 때 되었다고. 루소는 이미 오래 전 그것을 외쳤지. 지난 연간 코로나19는 우리에게 서로 거리를 유지하라 경고했다. 사람들 붐비는 세상에 우리 멀어질수록 비옥해지는 텃밭이 된다 하니. 사람을 벗어나 무인도로 돌아갈 때. 세상의 생명들 달려와 둥지를 튼다 하니. 그렇게 스스로 무인도로 살 때 그 섬은 생명을 키우는 젖어미 된다고. 인간은 삶이 두려워 사회를 만들었다지만. 그 사회 통제할 수 없는 상태에 이른 걸 포스트모더니즘 사회라 하지. 이제 우리 모두 자연으로 돌아가야 할 때이니. 그때 비로소 우리는 무인도 되어 뭇 생명 키워내는 젖어미가 된다.

원숭이는 날마다 나무에서 떨어진다

이진숙(1962~)

원숭이도 나무에서 떨어질 날이 있다고?

나무에서 떨어지는 원숭이가 진짜 원숭이다

서 있는 나무는 늘 그 나무지만

원숭이는 늘 다른 나무를 탄다

떨어지지 않으면 다시 오를 수 없는 새로운 나무를
위해

원숭이는 나무에서 날마다 떨어진다

오 뛰어내리자

이 황홀한 절망,

원숭이도 나무에서 떨어질 날이 있다고? 이는 우리 스스로를 언제나 경계하라는 말이다. 아무리 노련한 숙련공도 실수할 때가 있다는 것이니. 그걸 염두에 두고 하루하루를 살아가라는 훈계다. 요즈음에 더 깊이 새겨야 할 메시지로 다가온다. 우리의 길 어디에라도 가파른 벼랑이 있다는 것. 그런데 시인은 오히려 원숭이가 날마다 나무에서 떨어져야 한다고 강조한다. 그렇게 하여야 나무는 매일 새로운 나무가 된다는 것이고. 그래서 나무에서 떨어지는 원숭이가 진짜 원숭이라고 했다.

우리가 깨어나는 매일의 아침은 어제의 아침이 아니다. 그건 어제의 아침보다 하루가 더 추가된 아침으로 깨어나기 때문인 것일까. 아무튼 원숭이는 날마다 나무에서 떨어짐으로써 그 나무를 새로운 나무로 만든다고. 오히려 삶의 절정을 향해서 모순을 감행하는 이 적극적인 생의 의지라니. 실수를 두려워하지 않는 용기. 그것은 실패를 넘어서려는 과감한 도전 속에서 솟구치는 힘이다. 오 뛰어내리자. 이 '황홀한 절망' 이 역설의 시적 표현이야말로 우리 생을 집약한 시인의 예지이다.

막힌 길

이관묵(1947~)

시비詩碑를 찾아갔습니다
온몸에 시를 새긴 돌까지 걸었습니다
여기까지만 길이었습니다
시가 끝이었습니다
추운 말들만 가진 저녁을 불러내어
사는 일이 말을 뱉는 일이 아니라
삼키는 일이라고
돌은 말하지 않았습니다
시 쓰는 일이 고작 돌 안에 들어가 돌을 죽이는 일이
라고
누구도 말하지 않았습니다
시가 돌을 짊어지고 끙끙대며 올라온 막힌 길을
서로 묵묵히 지키고 섰을 뿐
눈발에게도 말하지 않았습니다
어스름에게도 말하지 않았습니다
누군가의 홀로이겠거니

끝이겠거니

말 걸지 않았습니다

응답은 나를 늘 시 밖에 세워두는 삶의 길바닥이지
요

돌은 얼마나 드러눕고 싶었을까

시는 또 얼마나 걷고 싶었을까

묻지 않았습니다

돌이 시를 야단치고 시가 돌을 타일러 겨우 도착한
응답

지구도 왔다가 되돌아 나간 흔적이 있습니다

　　　　　　　　　　▨▨▨▨▨

　시인이 찾아간 곳은 시비詩碑가 서 있는 곳. 시인은
온몸에 시를 새긴 돌까지 걸어가서. 거기까지만 길이
었다고 선언한다. 시인의 길이란 곧 시가 끝나는 곳
에서 끝이 나는 법. 시인은 그렇게 떠나고 시비에 새
겨진 한 줄 그의 일생. 그러니 시 쓰는 일이란 고작 돌
안에 들어가 돌을 죽이는 게 아닌가. 그러나 누구도
그렇게 말하지는 않는다. 시가 돌을 짊어지고 낑낑대
며 올라와 막힌 길을 묵묵히 지키고 섰을 뿐이다. 눈

발에게도 쉬이 말하지 않았다. 추운 말들만 가진 저녁 불러내 사는 일이 말을 뱉는 일 아니라, 삼키는 일이라고. 돌은 굳이 소리 내지 않았다.

시는 몰아치는 눈발 속에서도 묵묵히 그 시간을 견디는 것. 시는 눈밭 위에 새겨진 언어의 길일지니. 시인은 돌이 얼마나 드러눕고 싶었을까 묻지 않았다. 시는 또 얼마나 걷고 싶었을까 되뇌이지도 않았다. 시는 물음이 아니라 막힌 길이니. 우리 나아갈 길 막힌 곳에서 다시 길 시작하지 않던가. 그것이 곧 시의 길이니. 시인은 돌이 시를 야단치고 시가 돌을 타일러 겨우 도착한 응달에 닿아서야 가까스로 새 길을 보는 것이다.

한밤중에

이상국(1946~)

몸을 나간 잠이 들어오지 않아
아들 방을 들여다보았더니
정강이가 침대 밖에 나와 있다
프로크루스테스의 침대가 생각나
조용하게 문을 닫았다
갈데없이 거실에서 '사랑과 전쟁'을 보았다
그래도 우는 건 대부분 여자였다
남자들은 왜 다 그 모양인지
사실 이 집만 해도 그렇다
사랑으로 시작했다가
길을 잃고 눌러앉은 게 여기다
물어보진 않았지만 아내도 모른 체한다
냉장고가 가끔 잠꼬대를 할 뿐
날이 새려면 멀었고
공연히 잠든 화분에 물을 주었더니
나에게 왜 이러느냐고 한다

중년을 훌쩍 넘긴 사내의 한밤 시간을 실시간으로 중계하는 국면이다. 잠은 몸을 빠져 달아나고 할 일은 없고. 하여 그때 그는 아들 방을 넌지시 들여다본다고. 궁여지책이라 할지. 아들의 정강이는 침대 밖으로 삐져나와 있다. 그만큼 잠이 깊다는 것이겠지. 문을 닫고 거실에 앉아 심야에 틀어주는 텔레비전으로 시선을 꽂는다. 하필 화면 속의 영화는 왜 '사랑과 전쟁'인가. 우는 건 대부분 여자라고. 사내는 그제야 철이 든 말을 한다. 그러나 여자가 우는 이유의 원인 제공은 다 남자라는 것. 스스로를 반성하는 듯하다.

우리 삶은 사랑으로 시작해도 모든 건 전쟁으로 귀착이 된다고. 한밤 중 잠이 깨어서야 비로소 사내는 지나온 시간을 아주 깊게 들여다본다. 나이 들면 왜 잠은 다 달아나는가. 모든 건 아내가 모른 체해 주는 덕으로 안전하다. 서부전선 이상 없다. 그런즉 믿을 건 이제 아내뿐인지 모른다. 그때 어둠을 긁어대면서 냉장고는 허튼 잠꼬대를 한다. 냉장고도 늙으면 몸이 성치 않아 온통 신음소리. 날 새려면 아직 멀어 뜬금없이 화분에 물이나 주는데. 화초도 왜 이러느냐고 핀잔을 준다. 그래서 있을 때 잘 하라고 했나.

공갈빵이 먹고 싶다

이영식(1951~)

빵 굽는 여자가 있다 던져 놓은 알, 반죽이 깨어날 때까지 그녀의 눈빛은 산모처럼 따뜻하다 달아진 불판 위에 몸을 데운 빵 배불뚝이로 부풀고 속은 텅─ 비었다 들어보셨나요? 공갈빵, 몸 안에 장전된 것이라곤 바람뿐인 바람의 질량만큼 소소하게 보이는 빵, 반죽 같은 삶의 거리 한 모퉁이 노릇노릇 공갈빵이 익는다 속내 비워내는 게 공갈이라니! 나는 저 둥근 빵의 내부가 되고 싶다 뼈 하나 없이 세상을 지탱하는 힘 몸 전체로 심호흡하는 폐활량 그 공기의 부피만큼 몸 무게 덜어내는 소소한 빵 한 쪽 떼어먹고 싶다 발효된 하루 해가 천막 위에 눕는다 아무리 속 빈 것이라도 때 놓치면 까맣게 꿈을 태우게 된다고 슬며시 돌아눕는 공갈빵, 차지게 늘어붙은 슬픔 한 덩이가 불뚝 배를 불린다.

차라리 나는 공갈빵이라고 선언한 것은 얼마나 당당한가. 내 안에는 가득한 바람밖에 없다고. 그것이 나의 전부이고 내가 가진 매력이라면 매력이라고. 그리 알고 나를 찾아오든지 말든지 알아서 하라고. 떳떳하게 드러내는 전략과 전술. 거짓처럼 부풀려진 2중 3중의 과대 포장으로 가려지는 삶 속에서. 그런데 겉은 멀쩡하나 속이 텅 빈 빵을 두고 가득 찬 빵이라 외친다면 그건 희극이 아닌가. 그러니 차라리 이렇듯 사실을 새겨 진실을 만드는 놀라운 네이밍. 뼈 하나 없이 세상을 지탱하는 역설의 힘으로. 몸 전체로 심호흡하는 폐활량이라고.

그러나 비움으로 채워진 의미는 진실로 큰 가치이니. 아무리 속 빈 것이라도 때를 놓치면 까맣게 꿈을 태우게 된다고. 슬며시 공갈빵이 돌아눕는다 한다. 이 한 줄에 숨겨진 많은 뜻의 의미는 잔잔한 파도처럼 행간을 일군다. 물로 배를 채우던 가난이 있었지만. 공기를 가득 담은 공갈빵의 차지게 늘어붙은 슬픔 한 덩이가 불뚝 배를 불린다니. 모든 게 과잉된 이 시대에 헛배가 부른 우리들. 공갈빵이 그립다. 정말 공갈빵이 먹고 싶다.

대전천에서

이영옥(1968~)

그 곳에 가면
뭐든 넘치면 안 되는 것임을 안다
시간을 넘어 흘러든 길
발자국 하나 남기지 못해도
무던하게 흐르는 것을

처음, 맨 처음
기어코 돌아갈 수 없는 길
당신의 이름으로 기대앉은
주홍빛 쏟아지는
해거름의 반란

천변에 서면
아슴아슴 피어오르는 이름과
추억하고픈 기억들이
한밭을 품에 안고
물길을 낸다.

누군가 가까운 것을 통해 멀리 내다볼 수 있다면 그는 필시 현자賢者다. 또 누가 먼 것을 통해 가까이 볼수 있다면 그는 지자知者가 아닐까. 전자를 일러 통찰의 원심력이라 하고. 후자를 통찰의 구심력이라 할 수있다. 그런데 돌아보면 시인은 가까운 대전천으로 통찰의 원심력을 펼친 게 아닌가. 대전천을 보고서 뭐든 넘치면 안 되는 것임을 알았다 했으니. 이는 우리 생의 적절성으로 중용의 미덕을 제시한 것. 집 앞 가까운 물길을 보고서 우리 삶 전체의 흐름을 읽었으니 시인은 필시 현자가 분명타.

또한 저물녘 저 먼 주홍빛 해거름 바라보며 가슴속 그리운 이름과 기억 하나하나 떠올리니. 시인은 필시 지자가 분명하다. 하여 대전의 물살 오늘도 그 흐름 이어 아슴아슴 한밭 품에 안기어 간다. 그 어떤 어둠도 허물어 물의 길을 연다. 이윽고 대전천 유등천 갑천과 만나 삼천으로 합수하여 대전을 관통하고. 그 흐름 무주에서 달려온 금강에 스미어 서해로 뻗느니. 금강의 물길 천리라 했다. 서해에 닿아 태평양으로 내닫는 물줄기. 거기엔 필시 메트로폴리탄 대전 시티즌 150만의 꿈과 희망이 가득 차 있을 것인즉.

아무도 귀 기울이지 않는

홍영철(1955~)

크고 무거운 돌 하나를 만났다
돌 속에서 사람을 보았다
돌 속에 갇힌 사람을 꺼내고 싶었다
끌과 정과 망치를 집어 들었다
돌에서 사람이 아닌 돌을 깎기 시작했다
날카로운 조각들이 사방으로 튀었다
아픈 시간이 얼마나 흘렀는지 몰랐다
손도 얼굴도 벌겋게 물들었다
돌은 점점 작아지는데 사람은 나오지 않았다
돌 속에 갇힌 사람을 꺼내야 했다
끌과 정과 망치를 놓을 수 없었다
아직도 돌에서 사람이 아닌 돌을 깎고 있다
그가 돌 깨는 소리 쟁쟁쟁 허공에 퍼진다
이제는 아무도 귀 기울이지 않는

훌륭한 조각가는 대리석 안에서 어떤 상을 미리 보고 그것이 원하는 대로 정과 망치를 움직여 작품을 완성시킨다. 또한 유능한 정원사는 나무 앞에 서면 나무들이 "여기 좀 다듬어 주세요" 하는 소리를 듣는다고 한다. 이런 경지에 이르도록 끝없이 노력하는 자만이 진정한 프로일 것. 그러나 그 길은 너무나 아득하도다. 그것은 필시 잡힐 듯 잡히지 않고 보일 듯 보이지 않는 길일지니. 그 절대와 절정의 세계에 이른다는 건 지극히 어렵고도 고통스러운 일. 그렇듯 시인은 절대의 언어를 지향해 나아가는 자 아닌가.

돌 속에 갇힌 사람을 꺼내고 싶은 욕심은 석공의 길일 것. 그것은 사랑을 얻고자 하는 시인의 맘과 같다. 그러니 언어의 감옥에 갇힌 언어를 꺼내어 날개를 다는 일 그 또한 시인의 길 아니겠는가. 이는 보이지 않는 사랑을 마음에 새겨 그 실체를 간직하는 일. 조각은 돌의 작은 마음을 이어 붙여 깊은 상을 만드는 것. 시는 언어에 생명을 일구어 그 안에 상상력 불어 넣는다. 그리고 저 허공 한 자락을 쓰윽 끌어다 잇대는 것이라 하겠다.

엄마를 지배하는 것은 뭘까

정이랑(1971~)

했던 말 또 하고 또 한다
어제의 일을 잊어버리고
날짜는 기억조차 하지 못하고,
밥 먹었는지 아침인지 저녁인지
생각을 놓으시고 계신다
엄마의 정신을 지배하고 있는 건 뭘까
뉴스를 보고 드라마에 의지하고
스물 네 시간 달빛, 별빛을 볼 수 없다
지팡이로 땅을 딛고 서서
꽃 피고 나비 날아오는 걸
어린아이가 되어 그림책으로 읽는다
사람의 길이 마지막에는 이런 것일까
저편의 엄마에게 나는 어디쯤 있는 것일까
엄마는 텔레비전과 이야기를 하고,
밥 차려 줄 누군가를 하염없이 기다리고 있다

엊그제 지나간 추석엔 부모님 찾아뵈었는지요? 고향도 부모님 살아계실 때 딱 거기까지만 고향인 듯해요. 부모님 떠난 뒤는 발길 뜸해지고 갔다가도 급히 돌아오기 일쑤죠. 그러니 부모님 살아계신 것만도 큰 축복이어요. 그런데 위 시에서처럼 부모님의 끝자락은 왜 그렇듯 모순적인가요. 공중을 향해 던져진 공이 가까스로 정점을 찍고 지상으로 내려오며 속도를 더하듯이. 블랙홀로 빨려들어 중심 잃고 어지럼증 더해가듯. 이해할 수 없는 언어의 반복과 가파른 망각의 벼랑으로 미끄러져 내리는.

단절의 간극을 넘어 도달하는, 이 알 수 없는 공백과 진공의 상태란 무엇인가요. 우리는 이를 무엇이라 설명해야 할지요. 애써 달려도 빙빙 돌아 제자리. 비우고 비워내도 가득 차는 공허와 막막함. 엄마는 그렇게 점점 작아져 가는 것이지요. 이제는 아예 어린아이 되어 모든 것을 그림책으로 읽지요. 그러니 엄마를 지배하는 것은 무엇일까요. 나와 한 공간에 있어도 언제나 엄마는 저편으로 가 있지요. 그 채울 수 없는 허기와 무력한 기다림 동굴 속으로 내려앉으며. 밥 차려줄 누군가를 하염없이 기다리는 우리의 엄마.

돼지머리

최종천(1954~)

경험에 의하면
배가 출출해야 머리가 맑다
저 너그러운 웃음은 분명
그 무거운 비곗덩어리를 떼어 내고
무언가를, 예를 든다면 無所有 따위를
터득한 그 웃음일 것이다
돼지머리를 볼 때마다 나는 긴장한다
입에 돈을 물려주면서 전율한다
이를테면 그것은 귀신의 상징이랄까
베토벤의 데스마스크와는 다르다
사업이 번창하게 해 달라고
네 앞에 손을 삭삭 비는 사람들
돼지만큼은 배가 부른 사람들
인간의 비만을 용서한다는 듯한 너의
진지하고 즐거운 웃음
돼지의 눈에는 모든 것이 돼지로 보인다는 논리로는

도무지 이해가 안 되는
돼지가 되어가고 있다는 혐의
나의 긴장은 돼지머리에 칼이 닿으면
아무런 근거 없는 것이 되어버린다
우리는 돼지머리가 베푸는 용서를 받아들여 식욕을
채운다
일반적으로 정신이 흐려 있을 때 사람들은
즐거워하고 만족한다

돼지만큼 양극단의 평가를 받는 존재도 드물다. 돼
지는 우선 일상에서 속된 존재로 인식된다. 물론 풍요
와 다산을 의미하며 '복 돼지'라 쓰이기도 하지만. 그
러나 돼지는 좀 지저분한 존재로 인식되기 십상이다.
그리고 식탐이 많은 존재로 비쳐진다. 아무 곳이나 찾
아가 먹을거리 요구하는 미천한 존재로 읽힌다. 그러
나 사실 돼지만큼 깨끗한 동물도 없다 한다. 어느 나
라는 돼지를 애완용으로 키우며 거실에서 함께 생활
하기도 한다니.
일상에서 돼지머리는 무식하고 미련한 두뇌, 아둔

한 지혜, 기억력 좋지 않은 존재로 다가온다. 그러나 제사상 돼지머리는 성스러운 상징이 되기도 한다. 하여 웃는 모습의 돼지머리를 찾기도 하거니와, 그에 따라 값도 다르다. 그러니 돼지는 성聖과 속俗을 동시에 한 몸에 지니고 살아가는 존재. 돼지는 늘 성과 속 사이를 오가곤 한다. 제사상의 돼지머리를 미신이라 치부하나 돼지는 이 세상을 보며 웃을지 모른다. 사람들아, 세상을 이렇듯 복잡하게 해놓고 그대들 무슨 꿈을 꾸는가? 그대들 진실로 행복한가? 많이 가지고 즐거운가? 우리를 한없이 일깨워주려 할지도. 사람들 제사상 앞에서 돼지머리 안주삼아 마실 한잔 음복주로 입맛 다시며 기다리는 바로 그 순간에도.

밥이라는 앞

박해람(1968~)

앞 뒤 없는 곳에
밥 차려 놓고 한 벌 수저 놓으면
따끈따끈한 앞이 생긴다 뒤로 밥 먹는 사람 없다
등 뒤에서도 알 수 있는 밥 먹는 몸짓
그런 앞을 보려고 누구나 살아서 밥을 벌려 한다
뒷걸음질 치는 고양이
쉬지 않고 도는 기계
돌아앉아 훌쩍훌쩍 우는 사람
밥 차려 놓으면
그 모든 뒤쪽들이 돌아앉는다

아하, 밥에도 앞과 뒤가 있군. 그동안 우리 그걸 모른 채로 앞을 향해 무지몽매한 채 달려오기만 했었군.

오랜만에 만나는 참으로 사려가 깊은 시다. 이렇게 짧은 공간에 우주의 진리를 담다니. 한때 우리는 밥이 하늘이라 공감하여 끼리끼리 무리 지어 깨끼춤 추며 어깨를 맞부딪기도 하였지. 밥은 언제나 함께 먹는 것이라고. 그러한 밥이 우리 앞에 턱하니 한 사발 희망으로 펼쳐져 있다.

밥을 먹을 때 언제나 우리는 앞을 향해 서로 고개 숙여 절하지. 그러나 와인을 마실 때면 서로들 고개를 뒤로 젖히느니. 밥과 와인은 절대 다른 것. 밥을 먹을 때면 앞에 앉은 이가 어린 아이일지라도 우리는 절을 해야 밥을 먹을 수 있다. 그러니 밥을 앞에 놓으면 모든 슬픔과 절망이 뒤로 돌아앉는다. 그리고 우리 앞으로 따끈따끈한 생이 열린다. 그래서 부모님들 우리만 보면 밥 먹었니, 밥 먹었니 하고 묻는 것 아닌가. 어린 날 우리는 아침밥 먹고 나면 점심에, 점심 먹고 나면 저녁에는 무얼 먹을 것인지 재차 물었던 게 아닌가.

단풍나무 아래서

이해인(1945~)

사랑하는 이를 생각하다
문득 그가 보고 싶을 적엔
단풍나무 아래로 오세요

마음속에 가득 찬 말들이
잘 표현되지 않아
안타까울 때도
단풍나무 아래로 오세요

가만히 서 있기만 해도
세상과 사람을 향한 그리움이
저절로 기도가 되는
단풍나무 아래서
하늘을 보면 행복합니다

별을 닮은 단풍잎들의

황홀한 웃음에 취해
남은 세월 모두가
사랑으로 물드는 기쁨이여

숲은 온통 계절의 열락에 들떠 노란 빛 붉은 빛 주황
빛으로 물이 든 하루. 세상 사람들에게 근심이나 걱정
있으면 모두 단풍나무 아래로 오라 하네. 그리움도 하
고픈 말도 그냥 나무 아래 서 있으면 기도가 된다고.
단풍나무 아래 서서 하늘 바라보면 모두가 행복하다
고. 왜 이 나무들 가을이면 물들어 빛을 발하나. 사람
들 다 잠든 밤에도 나무는 별빛 받아 안고 어둠 새워
끝내 별 닮은 잎 단풍이 되고. 남은 세월 모두 사랑으
로 물들게 하는 기쁨 된다니.
　가을 숲에 와보면 가장 붉게 물이 든 건 화살나무다.
화살나무 왜 가장 짙붉게 물이 드는가. 초록 이파리들
세상에 그늘 드리우며 고요할 때. 화살나무 공중으로
수없이 화살 쏘아 올리거늘. 끝내 그 화살 하늘에 닿
지 못해 제 가슴으로 받아 안을 수밖에. 그 가슴에 붉
게 멍이 번진 게 아닌가. 그렇듯 기도란 제 안을 향한

간절한 언어일지니. 단풍 숲에 온 이들 붉은 빛에만
눈길 주지 말고. 그 단풍 빛이 안고 있는 짙은 어둠을
보듬기 바란다.

깻잎전

밥은 먹었니, 라는 그 물음이 속울음으로
내려앉는 저녁

남은 치킨 살을 뜯고 양파와 당근, 굴 소스 한 스푼
참기름 후추와 함께 깻잎 위에 올린다

화합이 되지 않는 녀석들
그대의 온기 담은 계란 하나
톡

그 마음이
당신을 생각나게 하는 그런 시간을 지나

프라이팬 속
함께 혀야 한다던 엄니는 어딜 가셨나

깻잎전 위에 깻잎

'밥 먹었니'라는 짧은 이 한마디 속에는 말할 수 없이 큰 우주의 울림이 들어 있다. 누구나 다하지 않아도 읽어내야만 할 엄청난 문장이 스미어 있다. 밥 먹었니, 밥은 먹었니, 서너 번만 읊조리다 보면 어머니가 다가오고 우리 배가 불러온다. 이 시를 읽으니 깻잎의 고소한 향이 이내 사방에서 풍겨온다. 푸른 빛을 띤 깻잎에는 무엇을 싸서 먹어도 다 어울리는 맛이다. 그러니 남은 치킨의 살을 뜯어 양파와 당근, 굴 소스 한 스푼과 참기름과 후추를 함께 깻잎 위에 올려놓았겠지. 그러나 깻잎의 그 카리스마에도 그것들은 화합이 되지 않는다. 그것들도 아마 오늘의 우리 정치를 닮았던 게지. 공천권을 준다고 해도 뿔뿔이 흩어질 게 뻔할 뻔 자다. 이내 분당을 하고 새로운 당을 차릴 공산이 크다.

맛의 허전함을 느끼던 차에 프라이팬 속을 들여다보면서 시인은 비로소 엄니 생각을 한다. 그러니 모든 맛의 근원은 엄니였던 것. 이제 엄니가 계시지 않으

니 기가 막히던 그 음식 맛도 사라지고 고향도 고향이
아니다. 하여 깻잎전 위에다 깻잎만 자꾸 더하는 것이
다. 쯧쯧쯧. 깻잎만 더 한다고 맛이 나기나 하겠는가.
그러니 맛의 고향은 지엄한 우리 엄니인겨.

단풍 드는 날

도종환(1955~)

버려야 할 것이
무엇인지를 아는 순간부터
나무는 가장 아름답게 불탄다

제 삶의 이유였던 것
제 몸의 전부였던 것
아낌없이 버리기로 결심하면서
나무는 생의 절정에 선다

방하착放下着
제가 키워 온,
그러나 이제는 무거워진
제 몸 하나씩 내려놓으면서

가장 황홀한 빛깔로
우리도 물이 드는 날

가을 숲에 와서 보면 지난 시간의 결정들이 모두 한 가지 색으로 닳는다. 수직으로 치솟던 갈참나무 욕망도 하나둘 잎을 떨구며 지상으로 내려와 앉고. 불현듯 누군가의 떠나간 뒷모습이 등대처럼 떠오른다. 무거운 침묵으로 잠겨 있는 숲으로 발길 내딛으면 검게 그을린 참나무 둥치에도 어느새 저녁노을이 깊게 잠겨 있다. 누군들 지나온 시간의 갈피를 그리워하지 않겠는가. 누군가 또 지나간 시간을 잠재우려 화려한 천으로 밤을 깁고 있다. 가을의 말미에 이르면 나무들은 모두 가장 현란한 색 옷을 차려입고 길을 서둔다.

가을 산으로 가는 사람의 발자국은 계곡의 골 깊은 곳으로 자꾸만 쌓인다. 방하착放下着. 이는 불교 용어이니. '집착하는 마음을 내려놓아라' 또는 '마음을 편하게 가지라'는 뜻이다. 우리 마음속에는 온갖 번뇌와 갈등, 스트레스, 원망, 집착이 얽혀 있다. 그런 것 모두를 홀가분히 벗어 던지라는 의미이다. 오늘도 우리가 뒷산으로 올라가 마음을 비우고 내려오는 것은 나무가 물이 든 잎을 땅으로 비우듯이 나를 내려놓는 일이다. 나를 진정 비움으로써 그것을 한껏 충만해진 허공으로 가득 채우는 일이다.

옛 우체국 앞 자전거

곽효환(1967~)

바닷가 옛 우체국 앞
녹슬고 망가진 자전거 한 대
고단했을 한 생애가 멈추어 있다
빨간 우체통과 집하소에 잠시 머물다
차곡차곡 쌓인 사연들
은빛 부서지는 바큇살에 실려
육지에서 섬으로
섬에서 육지로
섬에서 섬으로
먼 곳에서 더 먼 곳으로
수없는 기다림과 기다림을 잇고 또 이었을
쉼 없이 돌고 구르고 달려온 그가
한 생을 갈무리하고 있다
파도 소리만 종일토록 들고 나는 포구를
붉게 더 붉게 물들이는 해 저물녘
생을 다한 것들을 품은 해송숲 그늘에

고즈넉이 몸 부린 그가
다시 누군가를 기다리고 있다
젊은 날
끝내 부치지 못한 편지를
내내 기다렸던 그 사람을

바닷가 옆 우체국 앞에 놓여 있는 자전거 한 대. 이는 참으로 우리 생의 비유에 적확한 게 아닌가. 우체국이 있는 바닷가란 우리 생의 험난한 파도가 부서지는 삶의 현장. 자전거는 한 생을 달려와 이제 녹슬고 망가진 채 멈추어 섰다. 그리고 저 앞의 섬은 기다림의 목을 쭈욱 빼고 육지 쪽을 바라보고 있다. 언제나 쉬지 않고 부서지던 파도처럼 누군가의 그리움도 산산이 부서지곤 하였다. 그러니 달려온 길을 접고 이제 자전거는 타이어를 갈아 끼우고 더 힘껏 달려가야 할 것이다.

지난주 금요일에 나의 정년퇴임 기념식이 있었다. 제자들이 마련한 행사에 많은 하객들이 찾아와 즐겁게 축하를 해주었다. 내가 봉직했던 한남대 제자들과

『시와정신』 출신 문인들이 함께 정년퇴임과 『시와정신』 창간 21주년을 기념하는 자리였다. 연전에 나는 강물은 흐르는 게 아니라고 쓴 적이 있다. 앞 물결이 비워놓은 그리움을 뒷 물결이 채우고 또 뒷 물결이 채우며 거대한 하나로 나아간다고 썼었다. 다시 생각하노니 냇물이 강을 두려워하면 대전천에 갇힌다. 또 강이 바다를 두려워만 하면 4대강에 갇히고 만다. 물은 흐른다는 동사 앞에서 의미가 있다. 다만 길은 앞에 있을 뿐. 한남대학교와 『시와정신』, 대전에 두루 감사한다. 이 자리를 빌어 기념식장을 찾아주신 분들과 음으로 양으로 마음을 전해주신 모든 분들께 깊은 사의를 전해 드린다. 무엇보다 가족들에게 고마움을 전한다.

뿔

나는
뿔이 승한 한 마리 짐승
바람 부는 고원에 홀로 서 있다

설산 높은 봉우리를 넘어
깊은 골짜기를 건너왔다

지금은 노을이 지는 저녁
눈물과 그리움, 그리고
모든 한량없는 것들을
바람에 훨훨 날려 버리고
모서리가 부러져 나간 뿔을
아주 사랑스럽게
가만히 쓰다듬는다

내가 죽고서도 한동안은

눈 크게 뜨고 살아 있을
이 견고하고 상처 많은, 나의
뿔을,

사슴을 노래하며 관이 향기롭다고 한 시인이 있다.
이때의 관이란 뿔을 말하는 것. 또 '못된 송아지 엉덩
이에 뿔 난다'는 속담도 있다. 그러니 뿔이 내포하는
의미에는 양면성이 있다고 말할 수 있다. 뿔은 머리
위에 관으로 자리하여 자신의 위엄을 상징한다. 그러
나 그것이 다른 부위에 자란다면 비정상으로 추락하
는 빌미가 된다. 또 필요 이상으로 뿔을 키워 자기 생
존을 위협하는 수렁에 빠지기도 한다. 이렇듯 뿔은 우
리가 살아가는 존재감을 드러내는 객관적 상관물인
것이다.
　시인은 스스로를 뿔이 승한 짐승이라 고백했다. 그
만큼 자존심과 의지가 강하다는 것을 스스로 강조한
다. 그는 설산 높은 봉우리와 깊은 골짜기를 지나와
지금은 노을 속에 홀로 서 있다. 다 비우고 버린 모습
의 절정인 셈. 그는 근심과 걱정을 모두 날리고 모서

리 부러진 뿔을 사랑스레 쓰다듬고 있다. 그에게 남은 것은 이제 상한 뿔일지 모른다. 그러나 그 뿔이 없었다면 그는 이제까지 살아오지도 않았을 것. 그러므로 그 뿔은 상처가 많을지라도 우리가 죽고도 한동안 눈 크게 뜨고 뜨겁게 살아 있을 우리의 영혼이다.

우는 돌

이종만(1949~)

물수제비를 뜨려고
동글납작한 돌멩이 하나 집어 들었다

돌멩이에서 미세한 온기가 느껴졌다

살아있는 돌인가, 생각하는 찰나
돌의 떨림이 전해졌다

말 못하는,
이 작은 돌멩이도 익사의 두려움을 아는지

그래, 죄 없는 돌이었다
장난으로 던진 돌에 맞아죽는 건
개구리만이 아니었다
돌멩이도 수장되는 일이었다

담방담방, 물수제비뜨는 소리만 마음속으로 남겨두
고
우는 돌을 주머니에 넣었다

자비의 언어가 둥글둥글했다

어린 날 우리는 강가나 냇가에 나가 돌멩이를 주워
서 던지곤 했다. 물 위를 달려가며 돌멩이가 발자국을
남기면 그 숫자를 헤아리며 서로의 능력을 뽐내곤 하
였다. 우리는 늘 이쪽에서 저쪽으로 미끄러져 가는 돌
멩이를 보며 환호성을 올리고 박수를 치다가 고무신
을 물에 씻고 돌아오곤 하였다. 그때 물 위를 달려가
던 돌멩이가 자꾸만 뒤를 돌아다보면서 우리에게 손
짓한다는 걸 알기나 했던가. 익사 직전의 돌멩이가 우
리에게 보내던 그 간절한 외침을 상상이나 했었던가.
그 돌멩이의 슬픔으로 강물이 더 깊어졌다는 것도 모
르는 채로.
　여기 한 시인은 돌멩이에게 미세한 온기를 느끼고
있다. 또 그 돌이 전해주는 깊은 떨림도 깨닫는 것이

다. 이렇듯이 시인은 모든 사물에게서 생명의 온기를 느끼고 그것이 감싸 안은 어둠과 시간의 깊이를 새겨야만 하는 것 아닌가. 우리가 장난으로 던지는 돌멩이에 맞아 죽는 건 개구리만이 아니다. 시인은 손안의 작은 돌멩이의 떨림 속에서 익사의 두려움을 느끼는 것이다. 하여 시인은 비로소 손안의 돌멩이를 주머니에 품어준다. 그리고 마음속으로 담방담방 소리만을 담아두는 것이다. 언제나 자비의 언어는 이렇듯 둥글둥글한 것이다.

견인

휘 민(1974~)

그는 경찰보다 먼저
사고 현장에 도착하는 사람
하고많은 날 늘어지게 하품만 해대다가
누군가 중앙 분리대를 넘어서는 순간
앞뒤 안 가리고 무조건 달려가는 사람
전두엽에 타인의 불행을 좇는
네비게이션을 장착한 듯했지
날마다 피비린내를 끌어모으던
비 내리는 토요일 밤의 잠복 근무자
가속 페달을 밟던 오른발이 꺾인 채
견인차에 거꾸로 매달려 가는

시작은 준비 다음에 오는 어떤 것
그러나 영원히 알 수 없는 미지
길 위에서 머뭇거린 날들은 모두 평일이었지

전조등은 언제나 불안의 방향으로 켜져 있다

차를 운전할 때 가끔 견인차가 재빠르게 달려가는 장면을 목격하곤 한다. 견인차들은 갓길로 서둘러 달리며 서로 경쟁을 벌이기도 했다. 그들은 어딘가에 숨어 있다 나타나 어딘가에 사고로 찌그러져 있을 차를 향해 달린다. 잠시 후 사고 차량을 수습해 꽁무니에 거꾸로 매단 채 카센터로 달려간다. 그러니 그들은 조만간 벌어질 사고를 내심 기다리고 있던 게 아닐까. 설마. 그들이 사람들의 불행을 기뻐할 리야 없겠지만. 그들의 존재감은 곧 다른 사람의 불행과 직결되어 있기도 하다. 이 삶의 부조리와 생의 아이러니라니. 존재론적 모순이라니.

시작은 준비 다음에 오는 어떤 것이라고. 전조등은 언제나 불안의 방향으로 켜져 있다고. 그러니 우리 생은 음과 양의 조화라는 구실의 부조리와 모순덩어리. 아이러니엔 알라존(Alazon)과 에이런(Eiron)이 등장한다. 알라존이 겉으로는 유리함에도 번번이 에이런에게 당한다. 에이런은 늘 상대보다 약한 모습이나 그를 이기는 지혜가 있다. 그렇듯 견인차는 항상 우리 뒤에 있다. 그러나 먼저 앞으로 달린다. 가속 페달 밟던 오른발이 꺾인 채 비상등을 켜고 끌려가는 저 화려한 차량들. 언제나 견인차의 뒤에 매달려 폐차장으로 가는 그는 누구인가.

살판

비가 오지 않아 마디가 짧아진 오이
지난밤 내린 비로 지네발 덩굴손이 자라고
구부렸던 순이 고개를 든다
옆으로만 퍼지던 오이 마디가 밤새 자랐다
덩굴손이 허공을 타고 길게 올라야
오이도 길쭉하게 주렁주렁 달린다

배밭 포도밭은 또 어떻구
한시름 놓은 거지
나무도 사람도
사십 밀리 비에 이렇게 달라지다니
논에 물이 차고 개울물이 흐르고
이제 살판난 거야
저수지까지 물이 괴면 좋으련만
하늘에 또 맡기는 수밖에

하하 웃으며 담배 한 대 물고
호박밭으로 향하는 해찬 형님
노란 오이꽃 토마토꽃이 옆에서
해맑은 얼굴로 웃는다

어느새 올해도 채 이십 일 남지 않았다. 매년 이맘때 이르러서야 우리는 시간이 화살처럼 빠르다고 유수와 같다고 호들갑을 떨지만. 지난 여름 농부에겐 비가 오지 않아 마디 짧아진 오이를 보며 일일 여삼추로 안타깝던 순간 있었다. 그러다 가까스로 간밤 내린 비로 지네발 덩굴손이 자라고 구부렸던 순이 고개 들던 기쁨도 있었다. 그 가파른 시간으로 일궈온 들녘에 지난 가을 풍작 이어졌다. 저 너른 들판 숨죽인 작물들 한순간 활력으로 살아나게 하던 비. 그건 고통의 순간을 살판으로 옮겨가는 거대한 수레바퀴다.

배밭 포도밭. 나무도 사람도. 사십 밀리 비에 확연히 달라지듯이. 우리 정치판도 그렇게 살판으로 출렁여봤으면. 영양가 없는 싸움으로 한해 마감하는 여야의 대결국면 일거에 털어버리고. 나라의 정치 올바로 서고 청년들 삶이 신바람으로 가득 차올랐으면. 우리 사회 더 젊고 건강한 살판의 모습으로 꽃피었으면. 저수지에 차오를 물은 하늘에 맡기고 열심히 일하는 농부처럼. 여유와 진심을 감싸 안고 호박밭으로 향하는 마을 형님. 우리 작은 것 하나에도 온 정성을 다하며 오이꽃처럼 웃을 수 있었으면.

그림자밟기

김지윤(1980~)

누군가와 사랑하는 것은
때로 그림자밟기 놀이 같은 일

당신과 내가 앞서거니 뒤서거니
차례를 바꾸어가며 술래가 되어
서로 그림자를 밟으러 쫓기도 하고

내 그림자를 밟히지 않으려고
길고 서늘한 나무 그늘 밑에 오래 숨었다가
해를 등지고 뒷모습을 보이며 달아나는 일

아주 맑은 날 밝은 눈으로 보아야
그림자를 볼 수 있지만
많은 날들이 흐리고 눈은 자꾸 어두워지지

당신과 내가 서로 맴도는 사이

날이 기울어가고 어스름이 밀려오면
가엾게도 두 그림자 모두 지워지거나
술래가 그만!을 외칠지도 모르는 일

그러나 내 그림자를 밟히고 나서야
비로소 알게 되었다
내 것을 먼저 내어주어야만
둘 다 이길 수 있음을.

내 그림자 안에 함께 서서
당신의 그림자를 내게 나누어주며
우리가 서로 안았을 때.

그러니까 어린 날 우리 골목에 모여 술래잡기 놀이
하며 실은 사랑을 깨우쳐 왔던 게 아닌가. 어둠 속 숨
어 있다 몰래 고양이처럼 살금살금 다가와 술래 등 뒤
에 나타나 큰 소리로 이겼다 외치던 순간. 그때 어쩌
면 술래는 숨어 있던 상대가 지치길 기다렸는지 모른
다. 그러나 어느새 술래는 숨는 위치가 되고. 또 숨었

던 누군가 다시 술래가 되며 그렇게 서로의 역할극 이어갔다. 그러다 밤늦게 집으로 돌아오곤 했다. 생각하니 그처럼 소중하고 귀중한 야간자율학습이 있었을까. 모두 함께 하나가 되어 벌이던 축제의 밤.

그러다 우리 알게 되었지. 내 것을 먼저 내주어야 서로들 다 함께 이길 수 있다는 것을. 그것이 진정한 상생의 이치이자 원리라는 것을. 내 그림자 안에 함께 서서 당신의 그림자 내게 나누어주며 우리 서로를 안았을 때. 실은 그것이 진정한 사랑이라는 것을. 나아가 우리 어둠에 있어야 빛을 볼 수 있고. 그림자 밟는다는 건 빛의 이면에 대하여 눈뜨는 일이라는 것을. 그동안 우리 벌여온 그림자밟기는 이제 끝났는가. 어느새 한 해 마감하고 새해를 맞이해야 하는 때. 이제 술래가 숨고. 숨었던 누구는 다시 술래가 되고.

환생幻生

오민석(1958~)

마른 목련 나무에
눈 내린다
눈은 나리고
봄꽃이 그리운
직박구리 두 마리
부리로 눈꽃을 턴다
지는 꽃잎처럼
땅으로 떨어지는 눈송이들
나무는 온몸에
조막만 한 눈집들을 가득 매단 채
가만히 서 있다
저 묵언默言의 겨울
가슴 깊숙이
봄의 새끼들이 부화하고 있나
직박구리 떠나간 자리에
빈속처럼

눈이 내린다

눈이 덮인 세상에서도 풍경 속으로 움트는 온기가
있어 겨울과 연말의 어수선함 줄어든다. 마른 목련 나
무 가파른 가지 위로 내려앉은 눈. 그것은 비워서 비
로소 차오르는 생의 역설이 아닌지. 가지에 내린 직박
구리 두 마리는 필시 한 쌍일 것이다. 그 둘 사이에 사
랑이 싹틈은 분명하다. 그러니 그들은 눈 속에서도 이
미 봄꽃의 화려함으로 넘친다. 직박구리 부리로 눈꽃
을 털자 목련 꽃잎은 땅으로 떨어진다. 쉬지 않고 내
리는 눈 화관을 쓰고 겨울나무는 묵언 수행 중이다.
그래. 이렇게 한 해의 강을 건너고 있다.

나무들 묵언 속에서 무엇이 자라고 있을까. 그들 가
슴 안에는 봄의 새끼들이 부화하고 있다. 직박구리 떠
난 자리를 채우며 눈은 그침 없이 내려 쌓인다. 이제
곧 직박구리가 새해를 맞이해 턱시도 갖춰 입고 가
지 위에 나란히 앉아 봄맞이할 날이 멀지 않았다. 그
때 봄꽃 대표를 자처하며 목련은 가지마다 청초한 꽃
잎 피워낼 것이다. 생각해보노니 겨울의 눈꽃을 닮아

봄 목련은 희디흰 꽃잎으로 갈아입는다. 그리고 눈꽃
의 영혼이 스미인 꽃잎을 열어 하늘을 퍼담는다. 그러
니 목련은 눈꽃의 환생이고 눈꽃은 목련의 환생이 아
니던가.

물을 기르다

안채영(1979~)

아무도 모르겠지만
몰랐겠지만
나는 물을 기르고 있다.

키우거나 지키는 것이 아니라
아주 조금씩 자랄 때도 있고
또 줄어들 때도 있지만 분명,
나는 물을 기르고 있다.

어느 날엔가 언니는
물 한 대접을 사이에 두고 웃다가
또 몰래 삼켜버리는 것을 보았다.
내가 언니의 나이가 되었을 때
목련꽃 숭어리째 떨어지듯 물이 목에서
철철 흘러넘치는 날이 많았다.

제법 주름이 늘자 인생 뭐 별거 있냐고
물목의 수위 조절도 가능하게 되었다.

그러니까, 자두에 새콤하게 고인
갓 딴 오이의 와작거리는
딱 그만큼의 물
비온 뒤 땅 밟았을 때 물렁한 물기,
딱 그만큼
그 정도면 충분하다.

얼굴 살짝 붉힐 정도의 물
찔끔 눈꼬리 적실 정도의 물
그리고 당신에게 살짝 휘어질 수 있는,
딱 그 정도의 물 기르고 있다.

우리의 새해 시작은 발상의 전환으로부터 시작해야
겠다. 어제의 나와 똑같고 또 지난해의 너와 같다면
우리에게 새로움은 피어날 수 없다. 혁신. 혁신. 또 혁
신. 우리의 한정된 시간과 공간 속에서라면 최고가 겨

우 적당할 뿐이다. 한계를 넘어서는 도전의 정신. 그역동성. 그러니 그러한 획기적 방향 전환만이 우리를 새길로 나아가게 하는 모멘텀이 될 수 있다. 2024년은 그러한 대전환의 새로운 계기가 되어야 한다.

우리 언젠가 대동강 물 팔겠다고 선언했던 봉이 김선달 이야기 읽고 코웃음 쳤던 적 있다. 그러나 그것은 반세기 되기도 전에 현실이 된 지 오래다. 그런데 이제 우리는 물을 기르겠다는 시인을 만났으니. 이 얼마나 기쁘고도 반가운 일인가. 이 시인의 말에 우리 모두 귀를 기울여야 한다. 물을 기르겠다는 이 말. 시인의 사랑으로 물들은 그 얼마나 잘 크고 잘 자라겠는가. 우리 모두 물을 잘 기르게 되어야만 우리 삶도 새롭게 솟아날 것이다. 콩나물 기를 때 물이 콩 사이로 스치기만 해도 콩나물 쑤욱 쑥 도약하는 것. 그러니 시인이 물을 키운다는 건 사실 물이 우리를 키운다는 바로 그 말이다.

바위를 낚다

이병연(1959~)

낚싯대 하나 들고
제주 바다를 여러 날 거닐었다
수시로 입질이 왔다

질펀히 내려앉은 바위
이름 없이 산 것들 줄지어 낚는다
널뛰는 파도를 품었다 놓느라 울퉁불퉁한데
움푹 팬 가슴엔
햇살과 바람과 눈물이 머물러 있다

허공에 힘껏 줄을 던져
깎아지른 절벽을 낚는다
정을 쪼듯 내리치는 물살에 새겨진 문신
상처가 깊을수록
지느러미의 골이 빛난다

덜컥 입질이 왔다 이번엔 정말 크고 센 놈이다

머리를 하늘로 치켜올리고 기둥처럼 떼로 서 있는
놈
하늘이 같이 끌려 온다
낚싯대가 휘청인다
함께 쉽게 사는 법은 없어서
세로로 그어놓은 금이 햇살에 도드라진다

몸에 새겨진 저마다의 사연
바다에서 낚은 것을 바다로 돌려보내고

당신의 마음이 닿지 못하는 날
바위 낚시를 떠나야겠다

진정한 낚시란 무엇을 말하는 것일까. 밝은 대낮에
도 어느 철학자 등을 밝히고 길을 가며 사람을 찾았다
하였거늘. 여기에는 바위를 낚는 시인이 있다. 줄지어
낚이는 이름 없이 산 것들은 진정한 낚시의 대상이 아

니다. 시인은 허공에 힘껏 줄을 던져 깎아지른 절벽을 낚는다 하니 일상을 넘어선 사고의 전환이야말로 진정한 낚시의 시작이 아닌가. 그러니 시를 쓰는 것과 낚시를 하는 것은 참으로 같은 점이 많다. 시인이 물고기 한 마리를 낚았다면 그것은 바다 전체를 낚은 것이나 진배없다.

그는 물고기를 통해 바다를 낚는 것이다. 그리고 바다를 온전히 바다로 되돌려 놓을 때 낚시는 완성된다. 하여 몸에 새겨진 저마다의 사연으로 바다에서 낚은 것을 바다로 돌려보내고 비로소 자유스러워질 때 우리의 낚시는 끝나는 것이다. 그래서 시인은 당신의 마음에 가닿지 못하는 날이면 여지없이 바위 낚시를 떠나겠다 공표한다. 진정한 낚시란 눈에 보이는 게 아니다. 그건 마음으로 낚는 것. 영혼으로 포획하는 일이다. 하여 낚싯줄에 하늘이 같이 끌려올 때. 이윽고 낚싯대가 휘청이며 존재감으로 가득 채워지는 순간. 낚시의 기쁨은 절정에 닿는다.

나이를 먹는다는 것

박보현(1945~)

나이를 먹는다는 것은
하늘을 닮아 가는 것

청초하게 피어 있는 들꽃에
마음 설레임을 보내고
달빛이 쉬어 가고
새가 둥지 트는 넓은 가슴이 하늘 향하는

외로움, 괴로움, 서러움, 환희
저녁노을과 함께 서랍에 고이 담아 두자
언제 올지 모르는 새벽의 여명이
조용히 문을 두드릴 때까지

그래도
나는 또 다시 나목으로 깨어나
가슴 뛰는 푸른 노래 부르리

솔잎의 향기에 사랑의 전설 새기면서

　나이를 먹는다는 것은 단지 지나간 세월을 쌓는 게 아니다. 그것은 하늘을 닮는다는 것으로 한 차원 승화된 가치로 제시하였다. 시인은 살아가며 만나게 되는 외로움과 괴로움, 서러움과 환희 등을 잘 다스려야 한다고 강조했다. 시인은 또 다시 나목으로 깨어나 가슴 뛰는 푸른 노래 부르겠다고. 솔잎의 향기에 사랑의 전설 새기겠다고. 나이를 먹고 몸은 조금 더 느려지더라도 결국 다시 우뚝 일어나 노래 부르겠노라고 힘찬 의지를 강력하게 표방한다. 여기서 진정 어른으로 성숙하는 것이 무엇인지 사고한다. 우리가 한 살 더 먹게 되는 새해에 깊이 새겨볼 의미다.

　시인은 지금 미국의 시카고 주에 이민으로 살고 있다. 젊은 날 열정을 온통 삶에 들어 바쳐 자녀를 열심히 키우며 낯선 땅 시련 물리치고 성공적인 삶을 성취했다. 그리고 이제 그간의 삶을 종합해 시에 담고자 하였다. 이렇게 보면 우리 삶은 단지 경제 활동으로 완성되지 않는다. 물적 기반으로 쌓아 올린 생의 구조

위에 정신 작용으로서 문학과 예술, 나아가 시적 감성
이 함께해야 한다. 이때 우리 생이 더 풍요롭고 가치
있는 것이라 말하고 있다.

뒷바퀴의 반란

문성해(1963~)

난 오늘부터 내 맘대로 할 거야
누가 뭐라 해도 안 달릴 거야
안 달린다고!

앞바퀴 너,
내 말 잘 알아들었지?

야, 너 내 말 안 듣고 어디 가?
난 안 달릴 거라고!
안 달린대도!

어!
어!
네가 가니까 나도 자꾸 따라가잖아!

에이, 모르겠다

오늘도 신나게 달리는 거야

2024년을 시작하고 어느새 넷째 주로 접어들었어요. 모두들 연초의 계획은 무사하신지요. 아니면 삼일 지나 이미 모든 게 사라져 버렸는지요. 새해에는 어제의 반란으로 시작해 보겠다며 큰 소리 치지만 조만간 그 의지 거품처럼 수그러들지요. 그리곤 어느새 새해도 지난해와 비슷한 상태로 돌아가구요. 그나마 일 년이라는 단위가 있어 새로운 계획을 세우는 계기가 될 뿐인지 몰라요. 반란은 언제나 발상의 전환으로부터 오지요. 내가 모든 걸 주도하며 끌고 가겠다고 욕심부리기보다 상대를 잘 돕겠다 생각하면 얼마나 좋을지요.

그래요, 우리 일이 잘 풀리지 않을 땐 동심으로 돌아가 다시 한번 시작해 보는 거지요. 내가 모든 걸 적극적으로 주도한다고 상대를 옥죄지 말고요. 그냥 앞바퀴가 가는 대로 뒷바퀴처럼 따라가 보는 거지요 뭐. 친구 따라 강남도 한번 가보는 거니까요. 그러면 뒷바퀴의 반란이란 무엇인가요. 앞장서 달려가던 삶에

서 잠시 벗어나 스스로 돌아보는 시간은 얼마나 아름다운가요. 뒷바퀴가 되어 앞바퀴를 열심히 따라가려는 것도 내가 뒷바퀴라고 인정하는 발상의 전환이 있을 때 가능한 것이니까요. 너를 따라 열심히 살아보는 것. 그건 또 얼마나 아름다운 것인지요.

1층에서 상영되는 모든 영화

양안다(1992~)

네가 열어두고 간 창문으로 눈 내리는 장면을 본다
어떤 남자와 여자가 서 있고 다투는 소리를 듣는다

창가엔 어떤 발자국도 남아있지 않았다

가장 가까운 곳에서 가장 친근한 곳에서 가끔 위험
한 곳에서
먹고 자고 만나는 일들이 떠오르고

창밖으로
사람이 지나간다 사람이 지나가고 사람이 멈춘다 멈
춘 사람과 눈이 마주친다 사람과 마주친 느낌을 느낀
다 너와 마주친 느낌을 느끼는데

가깝고 친근한 곳은 가끔 위험해지는 걸까
그렇게 생각하면 먹고 자고 헤어지는 일들이 이해되

기도 하고

　눈 쌓인 거리를 걷다가 문득
　방안을 기웃거린 이는 내 생활이 어느 장르에 가깝
다고 이해했을지

　너는 창문을 열고 돌아오지 않았다 네가 닫지 않으
니까 내가 계속 두 팔을 벌리고 있다 닫으러 오는 이
가 없다

　　　　　▨▨▨▨

　우리에게 모든 것은 1층에서 상영되는 영화다. 오
늘은 네가 열어두고 간 창문으로 눈이 내린다. 나는
그것을 창밖으로 내다보고 있다. 어쩌면 네가 열어두
고 간 것은 내 마음속 너를 향한 그리움의 창일지 모
른다. 창밖으로 내리는 눈을 보고 있는데 누군가 다투
는 소리 들린다. 어떤 남자와 어떤 여자. 어쩌면 그들
은 서로에게 고함치며 삿대질을 할지 모른다. 한때는
너와 나도 그렇게 싸웠던 순간 있었다. 갑자기 아주
가까운 풍경이 낯선 영화처럼 느껴질 때. 이따금 자막

위로도 스르륵 스르륵 눈이 내린다. 눈송이 사이로 쉬지 않고 사람이 지나간다. 창밖에 멈춘 사람과 나의 눈이 마주친다. 문득, 내가 너와 마주친 느낌을 느낀다.

  창가엔 어떤 발자국도 남아 있지 않다. 그때 너로 하여 내겐 새로운 창이 열리고 새로운 세상이 열렸다. 그러니 그 창은 너만이 닫을 수 있다. 그런데 열려 있는 창안으로 숭숭 바람 들이치고. 네가 돌아오지 않으니 이렇듯 내 마음은 굳게 닫혀 있다. 네가 닫지 않으니까 아직 창문은 열려 있고. 네가 닫아주지 않아서 나는 계속 두 팔 벌려 누군가 기다리고 있다. 그래도 닫으러 오는 이는 전혀 없다. 그렇게 1층에서 상영되는 영화는 슬픈 엔딩으로 이어지고 있다. 그래서 밝은 색상을 배경으로 이어지는 영화지만 흑백처럼 느껴진다. 네가 닫지 않으니까 그 영화는 계속 공전하고 있고. 자막 위로는 스륵 스르륵 눈만 내리고 있다.

나무의 기도

김호길(1943~)

나무는 하느님 계신
먼 하늘을 알고 있다
말 대신 잎을 피워
기도의 손짓을 하고
꽃 피워 하느님 전에
헌화를 올려 드린다

나무는 하느님 계신
먼 푸름을 알고 있다
기도의 메시지로
온 이파리 태운 뒤에
훌, 훌, 훌, 하느님 전에
빈 몸뚱이 보여 드린다

나무는 하느님 계신
그 하늘을 믿고 있다

눈보라 설한풍 속에
기도 소리 날려 보내고
나이테 한 금 서약을
제 몸속에 새겨 드린다

어쩌면 나무는 성자가 몸을 바꾸어 우리 곁에 와 머무는 것인지 모른다. 그의 눈매, 그의 어깨, 그의 손짓을 보면 우리는 언제나 평안을 얻고 있지 않은가. 우람한 나무를 올려다보면 우리는 그의 어깨에 우리 작은 몸뚱이 올려놓고 잠시라도 쉬고 싶다. 그의 인격에 우리는 고개 숙이기도 한다. 매년 사계절을 두고 벌이는 나무의 파노라마는 우리 생의 완결한 축소판 아닌가. 우리 생이 일생을 통해 한 번 경험하는 것을, 나무는 발생 성장 소멸이라는 흐름으로 해마다 반복하고 있지 않은가. 그 행적을 나무는 제 중심 안에 둥그런 테로 새기며 기록하는 것이다. 그것은 진정한 나무의 기도라 하겠다. 그러니 나무는 그 자체가 진정 위대한 한 편의 시가 아닌가. 그 상형문자를 해독할 자 누구란 말인가.

시인은 지금 미국 로스앤젤레스에 이민으로 살면서 시조를 쓰고 있다. 해외 문학의 발전을 위해 남다른 노력을 펼치고 있다. 1982년 미주문협 발기를 주도하고, 1999년 어린이 시조사랑운동을 펼치며 『시조월드』를 발행하였다. 또한 1984년 해바라기 농원을 설립해 영농을 시작하여 멕시코 근교에 국제영농 법인을 설립하기도 하였다. 이렇듯 하나하나 새겨온 그의 삶은 미주의 시조 발전을 위한 초석이 되었으니, 그의 삶은 해외 시조라는 큰 나무 속 나이테로 새겨지고 있다. 그렇다. 이제 그 나무들이 말할 차례다. 곧 무성한 봄이 오고 있다.

동백꽃 연가

김동준(1956~)

선운사 동백 꽃망울
모지락스럽게 입술 깨물며
아직 단꿈 젖어 있어
두터운 외투
걸치기도 벗기도 애매한 이 계절에
그끄제 내린 목화송이 같은 함박눈
벌써 자국 없이 물크러져 질척이네
부푼 동백꽃망울 살포시 귀 기울이면
겨울바람만 핥던 버석대는 줄기마다
땅속 깊이 퍼 올리는 물소리
자분자분 들려오네
달포 지나면
깊은 잠 깨운 봄꽃 군단 따라
화사하고 아린 동백꽃
미친 불길 휩싸여 벙싯 피어나겠지
꽃그늘 타고 떠오르는 어느 느낌씨

딱 그랬지
눈부신 절정에서 울컥울컥 생피 토하며
마지막 유서 쓰듯
탐스럽게 피워 올려
툭툭 목을 꺾는 동백꽃도
내 사랑도
그토록
쓰린 가슴도 눈물겹게 흘러가겠지
그때쯤
동백꽃 보려 선운사로 다시 가야겠네

  선운사 동백꽃을 보러 갔더니 동백은 일러 아직 피지 않고 막걸리 집 여인 육자배기 속에 지난해 것만 상기도 남아 있다고 미당은 노래했다. 이후 동백은 무수히 시인들의 시를 낳고 이어서 시는 또 수많은 시를 낳고 있다. 동백으로 시를 쓰지 않은 시인 있어도 한 편만 쓴 시인은 없다 할지 모른다. 하여 시인도 선운사 동백에 깊이 꽂힌 듯. 시인은 선운사에 가서 아직 모지락스레 입술 깨문 동백 꽃망울이나 보다가. 또 부

푼 동백 꽃망울에 다가가 살포시 귀 기울여보다가. 동
백은 아직 단꿈에나 젖어 있다고 했다. 그러나 동백은
이미 지난 가을부터 꽃망울 맺어 피고 있는 중이다.
세상 모든 꽃이 그러하듯 우리가 동백이 피었다 하는
순간 그것은 이미 지고 있는 중이다.

그러니. 봄이 와서 동백이 꽃피는 게 아니다. 동백이
꽃피어 봄은 오는 것이다. 어쩌면 언제나 동백은 우
리 마음에 먼저 피는지 모른다. 그 다음 선운사 동백
도 따라서 피어나는 것. 하여 시인은 달포 지나면 깊
은 잠 깨운 봄꽃 군단을 이끌며 화사하고 아린 동백도
붉게 피어 벙싯거릴 거라 하였다. 툭툭 목을 꺾는 동
백도 사랑도 그토록 쓰린 가슴도 눈물겹게 흘러갈 것
이라 했다. 그러니 그때쯤 다시 동백꽃 보러 선운사엘
가야겠다고. 그렇다. 시인의 마음속에는 벌써 동백이
벙글어 가득 차 있다.

동물성 바다

고완수(1967~)

창 열고 바라보는 봄 바다는 고양이,
저 혼자 부딪치며 살아온 목숨여서
오늘도 조선 매화를 파도 위에 그린다

활짝 핀 공작 날개 흉내 낸 여름 바다,
어느 문중 휘감은 대나무 뿌리처럼
푸르고 깊은 가문을 댓잎으로 상감한다

발굽도 닳아버려 혼자 우는 가을 바다,
멀리멀리 떠나가는 비단 같은 노을길을
갈매기 수평선 멀리 지평선을 물고 간다

폭설을 삼켜버린 캄캄한 겨울 바다,
천길 어둠 밀어내고 동살로 여는 아침
부스스 잠 깬 고라니 동백숲에 숨어든다

올해의 《동아일보》 신춘문예에 당선한 시조다. 고완수 시인. 보령 출생. 이미 시를 써서 몇 권의 시집을 낸 바 있다. 언제 또 시조를 연마했는지 2024 신춘문예를 통해 최고의 관문으로 등단하였다. 당선 소감에 스스로 한 사람이라도 울릴 수 있는 시조 작품을 남기기 위해 노력하겠다는 소박한 소회를 담았다. 그러나 진정 한 사람을 울린다면 그건 만인이 울 수 있는 것이라 할 수 있다. 그러니 이는 결코 만만치 않은 포부라 하겠다. 심사평에서 바다의 봄 여름 가을 겨울 풍경의 묘사능력이 탁월하며 깊은 사유의 세계로 독자를 안내하는 마력이 있다고 지적한다. 그것은 전통 한국화를 감상할 때 흔히 느끼게 되는 고전적 미감 같은 여운이라 덧붙였다. 당선자에게 고요한 사색의 세계로 우리를 초대하는 또 하나의 개성으로 한국 시조의 내일을 열어달라고 당부했다.

2016년 UC 버클리에서 연구년 보낼 때 생활하던 라피엣(Lafayette) 부근의 '어덜트 스쿨'(Adult school)에 가서 '하이쿠 앤 단카 포에트리'(Haiku & Danka Poetry) 강의를 들었다. 미국의 시니어들이 30여 명 모여 각자가 쓴 하이쿠를 합평하며 그 미묘한 세계에 빠져들고 있었다. 강사는 80대 중반의 Jerry Boll이라는 남성 하이쿠이스트(Haikuist)였다. 한국에서 온 시인이라 말하고 한국문학에 대해 설명을 하려 온 힘을 다하는 나에게 그가 말했다. "시조?" 아, 그때 나는 우리가 얼마나 시조를 멀리해왔는가를 절실하게 느꼈다. 어쩌면 이제 우리는 시조를 통해서 세계문학 속으로 나아가야 할지도 모르겠다고 생각했다.

아파트에 내리는 눈

양애경(1956~)

하늘을 지우고
산을 반 지우고
내려오는 눈이
창에서 나를 들여다보네

안에 엄마 있나
창에 매달려 방안을 들여다보던 아이들이

호주머니에 손을 넣고
선득선득한 목덜미를 움츠리면서
밑으로 밑으로
떨어져 내려가네

우리 엄마는 중환자실에서
액체를 몸에 넣고
액체를 몸에서 빼내는

수많은 줄과 바늘에 꽂혀
2주일째 누워 계시네

물 한 방울 엄마 입에 넣어 줄 수도
손 한번 잡아드릴 수도 없네

이렇게 이별할 수는 없는데
60여 년 날마다 함께 일어나 밥 먹고
함께 자던 엄마를
이렇게 보지도 못하고 보낼 수는 없는데

눈이 툭툭
지워지지 않는 기억들을 데리고
밑으로 밑으로 떨어져 가네

겨울의 스산한 날씨에 아파트 흰 색상은 싸늘함과
단절감을 고도로 응축시켜 놓았다. 그럴 때 펑펑펑 눈
이라도 내린다면 그건 얼마나 신나는 일인가. 맨발로
달려나가 그 고운 눈밭을 달리며 뒹굴고 싶지 않은가.

그러나 시인은 밖으로 나가지 않는다. 시인은 그 눈송이들이 창에서 자신을 들여다본다고 했다. 마치 안에 있는 엄마를 찾으려 분주한 아이들처럼. 하늘의 소식을 안고 땅으로 내려오는 송이 눈은 엄마를 향해 달려가는 아이들 모습이다. 하여 시인은 중환자실에 있는 엄마를 떠올린다. 엄마는 지금 그곳에 수많은 줄과 바늘에 꽂혀 2주일째 누워 계시다. 그는 엄마 입에 물 한 방울 넣어드릴 수 없고, 손도 한번 잡아드릴 수 없다고 자책한다.

그렇다, 엄마는 우리가 백 살이 되어도 엄마 아닌가. 나를 낳아주신 분, 그 큰 대지 아닌가. 하여 내 맥박속으로 호흡과 생명을 불어넣으시고 온기를 채워주신 분. 그분 앞에서라면 우리 백 살이 되어서도 천둥벌거숭이 아닌가. 하늘에 날아가는 참새를 잡아달라며 떼를 쓰고 재롱부려야 하지 않겠나. 그러니 엄마가 사라진다는 건 나의 우주가 날아가는 것. 엄마가 돌아가신다는 것은 나의 전부가 사라지는 것 아닌가. 하늘에서 내려오는 눈은 하늘과 이 지상을 끈으로 연결해 인간을 순수로 무장시킨다. 그리고 벌거숭이로 돌아가 한없이 엄마를 부르게 한다. 엄마, 엄마, 엄마. 엄마 품을 찾아 한없이 파고들게 한다.

허공이 키우는 나무

김완하(1958~)

새들의 가슴을 밟고
나뭇잎은 진다

허공의 벼랑을 타고
새들이 날아간 후,

또 하나의 허공이 열리고
그곳을 따라서
나뭇잎은 날아간다

허공을 열어보니
나뭇잎이 쌓여 있다

새들이 날아간 쪽으로
나뭇가지는,
창을 연다

이 시에는 이미지로 허공이 등장하고 있다. 이때의 허공은 일차적으로 우리에게 존재의 터를 제공하는 의미가 있다. 허공은 무無에서 그치는 게 아니라, 무 그 자체로서 유有가 되는 것이다. 그러므로 허공은 무로서 유를 안고 있는 형상인 셈이다. 이는 인식의 전환으로서 역설적 표현이기도 하다. 또한 허공은 이중적이기도 한데, 텅 비어 있으면서 꽉 차 있는 것이다. 즉 무의 공존과 동시성을 의미한다. 허공을 제재로 하여 이 시는 유와 무, 상승과 하강 두 힘의 작용을 통한 존재의 비상飛翔과 추락의 국면에 연결되어 있다. 이 시에는 상승과 하강 이 두 힘의 작용에 의해 존재하는, 비스듬히 날 수밖에 없는 것, 바로 그것이 우리 생의 실존이라는 사실을 형상화하였다.

허공은 누구의 소유도 아니다. 그 누구의 영역도 절대 아니다. 그래서 내가 그것을 크게 아우르며 더 넓게 원을 그려 수용한다면 그건 바로 나의 것이 된다. 그것은 원을 크게 그리면 그릴수록 그만큼 더 넓은 영역으로 내게 다가온다. 이렇듯 우리에겐 나의 의지에 따라 더 넓어지고 더 깊어지는 영역이 있다. 그래서 내가 아무리 크게 원을 그려 나의 것으로 소유해

도, 그것은 결코 누구의 것을 빼앗는 게 아니다. 또 그
것은 우리가 욕심을 부리는 게 절대 아니다. 그러한
행위는 결코 남에게 해가 되지 않으며 오히려 득이 된
다. 그것은 그만큼 우리의 정신세계를 확장시켜 더 풍
요롭게 하기 때문이다. 나는 언제부터인가 이러한 것
을 '허공이론'이라 이름 붙여 소개해오고 있다.

봄날

골목길 담장 아래
여자가 앉아
봄나물을 다듬는다

참새랑 쫑알쫑알 노는
늦둥이로 둔 막내가
하냥 사랑스러워
괜스레
아이 이름 한번 불러보면서

갓 깬 솜병아리처럼
삐약삐약거리는 햇살이
하냥 간지러워
해살해살 웃으면서

저녁 반찬으로 먹을

봄나물을 다듬는다

미나리 향기 나는 봄날에
저 여자 옆에 앉아
나도 봄나물을 다듬고 싶다
내 마음도 가지런히 다듬고 싶다

다소 성급한 마음인지 몰라도 우리는 벌써 이 시의 봄날 속으로 풍덩 빠져버리고 만다. 아지랑이 오르는 봄을 깨우는 나물은 냉이와 씀바귀, 꽃다지와 달래, 질경이 등이 있다. 나물 다듬는 여자와 조금 떨어져 참새와 늦둥이 막내는 함께 놀고 있다. 푸릇푸릇 피어나는 들이나 산의 색과 대조되어 햇살은 노오랑 병아리 솜털이다. 이제 막 햇살 쪼이며 삐약삐약거리는 소리가 귀에 선하다. 한낮 햇살은 봄을 간지럽히는 것이니. 여자가 다듬는 나물은 저녁 반찬에 새로운 맛을 낼 것이다. 직장으로 흩어졌다 돌아온 가족들 두레밥상에 둥글게 둘러앉아 봄 냄새 가득한 저녁을 나눌 것이다.

시인은 마지막 연에 이르러 스스로 마음을 정리 정
돈한다. 하여 미나리 향기 나는 봄날 나물 다듬는 여
자 옆에 앉아 자신도 나물을 함께 다듬고 싶다 했다.
그리고 시인의 마음도 가지런히, 가지런히 다듬고 싶
다고. 그렇다. 봄은 푸른 나물을 이 세상에 전령사로
보낸 것이니. 사람들은 그 전령사 맛보며 봄을 맞아들
이는 것이다. 사람들에게 나물을 다듬게 하여 그들 스
스로 마음도 다듬게 하는 것이다. 이제 그 다듬어진
마음으로 우리 이 세상을 좀더 반듯하게 살아가면 어
떨까. 그게 바로 진정한 봄이 아닌가.

스티로폼 공화국

김만수(1955~)

스티로폼 밥을 먹고
스티로폼 성경을 읽고
스티로폼 칼에 찔리기 전
스티로폼 아이를 낳았다
스티로폼 은행에는 스티로폼 돈이 빼곡하고
스티로폼 실험실에는 스티로폼 유전자들이 흘러다
니고
스티로폼 학교에는 스티로폼 선생님들 걸려 있고
스티로폼 늪에는 스티로폼 개구리들 삑삑거리고
스티로폼 모텔에는 스티로폼 텍스들이 바쁘다

스티로폼 골목 안
스티로폼 소주를 마신 사내들이 스티로폼을 게워내
고
스티로폼 아내들이 스티로폼 생리대를 버리고
스티로폼 국회에는 스티로폼 생산 예산이 표류하고

스티로폼 스키장에는 소복한 스티로폼 눈 내리는
여기는 스티로폼 공화국

'공화국'이라는 말은 우리가 추구하는 세상의 절대
적 가치라 할 수 있지만. 시어로 쓰일 때 대개는 부정
적이거나 비판적인 의미를 드러내기도 했다. 제목으
로 사용된 경우로 '겨울공화국'이나 '서울공화국'이
바로 그 예이다. 이 시 또한 그러한 경우에 해당한다.
스티로폼 공화국이라니. 하여 이 시엔 공화국 시민으
로 스티로폼이라는 단어가 22번이나 등장한다. 어쩌
면 이 시는 스티로폼이라는 단어 때문에 쓰인 시라
할 수도 있다. 곧 시어 스티로폼으로 시의 반을 채운
셈이다. 그것은 곧 우리 지구의 반이 스티로폼으로
넘친다는 의미와도 통할 것이다. 시어의 지나친 반복
은 대개 지루할 수 있다. 그러나 이 시는 반복적 효과
를 충분히 자아낸다. 그런즉 그만큼 스티로폼의 폐해
를 강조하는 것이다.
　이제 봄이다. 땅밑의 뿌리들이 서서히 깨어날 준비
를 하고 있다. 얼었던 흙의 차가운 살이 풀리며 찰진

흙 가슴들이 온기를 품고 부드럽게 열릴 것이다. 저들녘이나 뒷산에도 봄볕이 닿는 대로 풀들은 푸른 눈으로 깨어날 것이다. 그러나 스티로폼으로 채워진 대지에 봄은 아직 멀다. 어쩌면 그것은 영원히 불가능할지도 모른다. 왜냐하면 스티로폼을 뚫고 나와서야만 햇살 속으로 힘겹게 피어날 수 있기 때문이다.

염노교 적벽회고

장강은 동쪽으로 굽이쳐 흐르며
세찬 물결로 천고의 인물들 다 쓸어가 버렸네.
옛 성의 서쪽에는
사람들 말하길 삼국의 주유가 싸웠던 적벽이 있다
네.
어지러이 널린 바위 구름 뚫을 기세로 솟아있고
성난 파도는 강기슭 할퀴며 달려들어
천 겹의 눈덩이 쌓아올리듯
이 강산 한 폭의 그림 같으나
한때 영웅호걸 그 얼마나 많았던가!
아득히 멀리 주유 살던 때 생각하니
소교와 막 혼인하고
영웅의 자태가 드높았으리.
깃털 부채와 비단 두건 쓰고 담소하던 중
적군의 배는 재가 되어버렸지.
이 마음 혼백 되어 고향 땅 노닐 때

정 많던 그대여 날 보고 웃겠지.
일찍 희어진 머리 보고서
인간의 삶이란 꿈과 같은 걸
강에 비친 달에 한 잔 술 권하노라.

소식蘇軾의 시 가운데 대표작의 하나로 호방한 기개
를 내뿜는 작품이다. 그가 황주에서 귀양살이 하던 때
적벽赤壁을 찾아가 과거의 적벽대전을 회고하며 쓴 글
이다. 황주에서의 귀양살이는 소식의 인생관을 더욱
성숙하게 하였고, 작품 창작에도 더 진중하고 깊이 있
는 전개를 도와준 시간이었다고 한다. 그러므로 어쩌
면 황주에서 소식의 삶은 인생에서 가장 중요한 이정
표가 되는 시기라고 말할 수 있다. 따라서 황주에서의
시간은 소식의 인생에 창작의 절정기로 볼 수 있다.
이때 지은 작품들에는 강한 기개가 엿보인다는 점이
다.

한시漢詩를 읽는 맛은 무엇보다 풍광의 묘사가 뛰어
난 점에 있다. 시행마다 펼쳐지는 풍경이 전면에 등장
하여 형상성을 풍부하게 한다. 그리고 시의 말미에 언

제나 시인의 심사를 드러낸다. 전경前景 후정後情. 위 시에도 보이듯 자연의 장엄한 위엄이 우리 생의 신산과 고초를 아주 작은 것으로 만들어 버린다. 그렇다. 봄이 왔다. 자연의 변화란 이렇게 엄격한 것. 삼동의 추위가 아무리 대지를 뒤덮고 억눌러도 작은 풀씨 하나도 대지를 뚫고 나오는 법. 풀잎 하나 천길 벼랑의 암벽을 밀고 나오는 것이니. 지극히 큰 것이란 눈엔 절대 보이지 않는 법이다.

나무늘보

함명춘(1966~)

얼마나 무겁고 큰 것을 짊어지고 가기에
저토록 느리게 기어오르는 걸까
시작과 끝이 보이지 않으니
가늠조차 할 수 없으니
그건 고뇌일 거다
그래, 지상의 고뇌란 고뇌는 모두 끌어모아
등 위에 짊어지고
나무 꼭대기에 올려놓으려 하는 거다
다시는 지상의 그 누구에게도
돌아가지 못하도록
아예 큰 구름 위에
붙들어 매어 두기 위해 기어오르는 거다

나무늘보는 왜 나무 위로 기어오르는 것일까. 이 단순한 질문에 시인의 상상력은 돌파구를 찾는다. 느린 동작으로 세계적 명성을 얻은 우리 친구 나무늘보. 그러나 내가 2016년 캘리포니아 와일드 애니멀에 가서 보았던 나무늘보는 눈망울 초롱초롱 매우 총명한 모습이었다. 느리다는 건 절대 흠이 아니다. 그때 든 생각이 너무 빠른 건 눈에 보이지 않는 법이라면. 어쩌면 나무늘보가 너무 빨라 우리가 못 보는 게 아닐지 하는 것. 그는 이미 수천 년 전에, 요즈음 우리가 아우성인 멍때리기를 실천한 게 아닌가. 그런 의미에서 그는 아주 현명한 미래형 생물체인 셈. 그 여유로움에 다른 동물들 모두 귀 기울이는 듯했다.

시인은 이 시 행간에 한 생각을 묻어두었던 것. 그것은 나무늘보가 지상의 고뇌를 지고 나무 위에 올려놓으려 한다는 것이다. 아예 큰 구름 위에 그것을 붙들어 매두기 위해서 기어오른다는 것이니. 애드벌룬에 매달아 둥둥 우주 공간으로 아예 날려버리면 더 좋지 않을까. 그것은 그만큼 나무가 이 지상에서 하늘에 가깝기 때문이란 것인데. 나무의 수직 상승 의지에 우리 삶의 곤궁함을 매다는 것이다. 아, 그래서 꽃들도 아래서부터 위로 피어오르는 게 아닌가. 저 하늘에 닿기 위해. 그렇다. 킬리만자로의 표범만이 산 정상을 향해 기어오르는 건 아니다.

나무의 언어

이우걸(1946~)

내 안에는 한 그루의 나무가 자라고 있다
아버지가 이름을 그렇게 지어 주셨다
농사를 짓는 이에겐
나무가 필요하다며

지금 나는 농사 대신 시를 짓고 있지만
내 가슴 어딘가엔 나무의 숨결이 있다
그것이 나를 움직여
시를 쓰게 한다

인정을 알게 하고 시절을 느끼게 하는
나무의 푸른 가슴, 나무의 따뜻한 체온
그 혼의 등불을 따라
내 생生이 걸어간다

모든 시인의 내면에는 아버지가 심어주신 나무가 자라고 있다. 농사를 짓는 이에게 나무가 필요하다며 아버지가 이름 지어 주셨다는데. 지금 시인은 농사 대신 시를 쓰고 있다. 밭고랑 일구는 대신 시를 쓰며 시인의 가슴 어딘가 스미어 있는 나무의 숨결을 따라 시인은 살아간다. 인정을 알게 하고 시절을 느끼게 한다는 그 나무의 푸른 숨결. 나무의 숨결은 어두운 밤에도 살아나 혼의 등불이 되어 시인을 인도한다. 그 등불 따라서 시인의 생이 걸어간다. 그렇다. 아일랜드 시인 세이머스 히이니도 할아버지 아버지의 노동을 숭상하여 어른이 되면 삽을 들고 농사짓고자 했다. 그런데 어느날 그의 손엔 펜이 들려 있어 농사짓는 마음으로 시를 쓴다고 했다. 그런즉 그들에게 펜의 촉은 아주 작은 삽날인 셈이다.

　　내 가슴에는 어머니가 가꿔주신 꽃밭이 있다. 이 세상 살아가려면 꽃이 필요하다며 어머니께서 그렇게 해주셨다. 봄이면 그 꽃밭에 나를 데리고 가서 봄비와 함께 꽃씨를 묻어주셨다. 싹이 나면 풀을 뽑아주고 벌레도 잡아주며 그 꽃밭을 정성스레 가꿔주셨다. 철마다 꽃들이 피어나곤 했다. 봉숭아 꽃이 발갛게 차오르면 꽃잎을 빻아 봉숭아잎으로 감싸 손톱에 짙은 물을 들여주기도 하셨다. 아직도 그때 손톱에 물든 분홍 빛깔은 내 가슴에 고이 간직되어 있다. 이따금 그 빛깔이 짙어질 때면 나는 시를 쓰곤 한다.

휘파람

최백규(1992~)

불 꺼진
간판 아래

개가 쓰러져 있다 풀 먹인 옷처럼 정맥이 곧고 푸르
다

어제와 같은 자리에서 눈 뜨는 오후를
두려워하며

쓴 입맛을 다시는 개
피에 젖어

담배를 무는 개
촌스러운 음악을 틀고 골목을 휘청거리듯

사이비와 다단계에 빠진 개

기소유예로 풀려난 개

안개 낀
고가도로에 멀어져가는 구급차 사이렌처럼 희박한

개가

바람을 등지고 누워 있을 때
누구도 찾지 않았다

그러나
곧 올 것을 알았다

어질러진 머리를
북쪽으로 두고 잠들며

볕이 들기를
기다렸다

20대 젊은 시인의 감수성은 하나의 장면에 집약되어 있다. 불 꺼진 간판 아래 쓰러져 있는 개. 개의 몸에 드러난 정맥은 곧고 푸르게 도드라져 있다고. 그는 어제와 같이 반복되는 또 하루를 두려워하며 쓴 입맛을 다시고 있다고. 어쩌면 이는 페이소스가 한껏 배인 MZ 세대 젊은이의 초상일지도 모른다. 그는 담배를 물고 촌스런 음악을 틀며 골목을 휘청거린다. 사이비와 다단계에 빠지기도 기소유예로 풀려나기도 하는데. 그 모습은 안개에 젖은 고가도로를 달리는 구급차 사이렌처럼 희미하게 잠겨 간다.

그러나 그 개는 바람을 등지고 누워 누구도 찾아오지 않는다. 그래도 자기 의지와는 무관하게 언젠가 곧 올 것을 알고 있다. 봉두난발의 머리채를 북쪽으로 누워 잠들며 볕이 들기를 기다리고 있다. 불 꺼진 골목의 희미한 톤으로 채색된 풍경에 잠긴 채. 그 세계에 수동적으로 물들어 젖어 있는 모습과 동일시되어 있다. 살아 움직이는 것이 아니라 단지 전시되어 있는 듯. 그 공간을 향하여 시인은 온기 없는 휘파람을 분다. 단지 기다릴 뿐인데. 그래도 아침은 오는데.

어느 날의 과자

김승강(1959~)

과자를 먹으며 아이가 걸어가고 있다
우연히 아이의 뒤를 어른이 따라가고 있다
어른은 갑자기 과자가 먹고 싶다
과자가 먹고 싶다고 생각해 본 적이 없는데……
딱 한번 아이의 과자를
뺏어먹고 싶은 어른이 아이를 따라가고 있다
그때 아이가 과자를 다 먹고
과자봉지를 길가에 던져버린다
어른은 놀라 멈춰 선다
길가에 어른이 혼자 멈춰 서 있다
아이는 작게 멀어져 갔다
과자봉지 하나가 길가에 떨어져 있다
아이가 먹던 과자가 들어 있던 과자봉지다
그가 먹고 싶었던 과자의 봉지다
그가 머뭇거리고 서 있는 사이
바람이 와서 과자봉지를 어딘가로 데리고 갔다

가로수 한 그루가 그의 옆으로 다가섰다

사소한 것처럼 보이는 장면 속에도 시가 있다. 과자를 먹으며 걸어가는 아이. 그리고 그 뒤를 따라가는 어른. 그것은 우연일 뿐인데. 그 우연이 어른에게 하나의 욕망을 부추긴다. 과자가 먹고 싶다고 하는. 그래서 어느새 그는 아이의 과자를 뺏어먹고 싶은 어른으로 둔갑한다. 그 순간 그는 짓궂은 어른이가 된 것이다. 아이 손에 들려 있는 과자에 온통 신경을 빼앗기게 되는. 아이는 어느새 과자를 다 먹고 봉지를 길가에 던져버린다. 어른이는 길가에 멈춰 서고 아이는 작게 멀어져 간다. 그렇게 둘 사이는 점점 더 벌어진다.

그 순간 이 세계의 중심은 과자봉지가 된다. 그래서 과자봉지는 아이가 먹던 과자가 들어 있던 봉지이고. 또 그가 먹고 싶었던 과자 봉지이다. 멀어져 가는 아이와 멈춰 서있는 어른이를 배경으로 바람이 와서 과자봉지를 데리고 어딘가로 갔다. 그 순간은 또 바람이 이 세계의 중심 되는 것. 그렇게 하여 이 세계는 해체가 되는 듯한데. 그러나 자연은 선뜻 치유의 손길을 내민다. 하여 가로수 한 그루 그의 옆으로 다가서는 것이다. 그렇다. 우리 주변에는 그러한 가로수가 많이 있다. 나의 가로수 너와 너의 가로수 나. 그리고 우리의 가로수는 우리들 모두다.

단추

이인주(1965~)

단추의 생명은 구멍이다
그 좁고 캄캄한 구멍 속으로
흘러들어간 환한 실오라기들이
얼마나 단단한 결속의 언약인지

구멍이 없는 것들은 모른다
소통이란 한 가닥 실오라기 같은 것,
입술에서 입술로 뚫린 이음줄이
오감을 올려내는 둥근 탄성을

몸이 열리는 맨 처음의 자리와
마음이 닫히는 맨 끝자리에
단추가 있고
원죄 같은 구멍 속으로 흘러온 역사는
사실 단추의 역사인데
그 풀고 잠그는 행태가

능히 한 서사를 바꾸기도 한다

단추를 통해 인류사를 가늠해 볼 수도 있겠다. 그러니까 인류가 단추를 사용하기 이전과 그 이후로 역사를 구분할 수 있다. 그런데 그것보다 먼저 인류가 옷을 입기 그 이전과 이후로 역사를 나누어 보아야 할 것. 그런 점에서 모든 것들은 다 이전과 이후를 나누는 분기점이 된다. 인류 역사 시초에 사람들은 동물을 잡아 껍질을 벗겨 말려두었다 겨울에 추위를 가렸을 것이다. 그때 가죽의 크기가 충분히 몸을 덮을 수 없었을 것. 하여 두 부분을 잇기 위해 한쪽엔 구멍 뚫고 또 한쪽엔 단추를 달아 양쪽을 고정시켰을 것이니. 그러고 보면 모든 것은 결핍으로부터 창조가 이루어진 셈이다.

이후 단추는 색깔과 모양과 용도가 다변화해 기하급수적으로 늘어나 급기야는 핵을 터뜨리는 핵단추로도 부상했을 것인즉. 원죄 같은 구멍 속으로 흘러온 역사를 단추의 역사라 하고. 그 풀고 잠그는 행태가 능히 한 서사를 바꾸기도 했을 것이라 하니. 애초에 기능적으로 출발했던 단추의 용도가 장식적으로 변화하며 인류의 문명은 획기적으로 진화과정을 질러온 셈이다. 몸이 열리는 맨 처음의 자리와 마음이 닫히는 맨 끝자리에는 언제나 단추가 있다고? 그렇겠지. 뭐라 해도 단추의 생명은 구멍이다. 그러기에 구멍이 없으면 소통은 불가능한 것. 그래서 소통이 그리 어려운가. 소통이란 한 가닥 실오라기 같은 것이다.

시는 사실이다

김석환(1955~2018)

만델라는 라벤섬 감옥에서 회고록을 쓰고
추사는 제주도에서 세한도를 그리고
정약전은 흑산도에서 자산어보를 엮고
다산은 초당에서 목민심서를 쓰고

바다로 가는 길이 막힌 내륙지방
선산 기슭 외딴집에 갇힌 나는
농사나 짓는다

하늘바래기 논다랭이에
뜬구름 가두어 두고
원고 교정을 보듯
매일 김을 맨다

칠레의 시인 파블로 네루다는
시는 은유라고 했으나

게으른 농부에게는
시는 사실이요
잡초와 벌이는 전쟁이다

시가 잡초와의 전쟁이라. 그렇지. 이것만큼 엄연한
사실주의는 없다. 생전의 어머니 농사철만 되면 잡초
가 징글징글하다 하셨지. 해가 뜨면 밭으로 나가 잡초
와 싸우다 해지면 집으로 돌아오시던 발길. 양손에 들
린 고무신과 호미에는 또 내일 다시 들로 나가실 조바
심으로 가득했지. 시인도 대학을 퇴임하고 고향 영동
에 내려와 농사를 지은 듯. 하여 만델라의 회고록, 추
사의 세한도, 정약전의 자산어보, 다산의 목민심서를
떠올리며 농사를 짓는데. 하늘바래기 논다랭이에 김
을 매며 원고 교정보듯 한다 했으니 그도 언제나 좋은
시를 떠올린 게 분명하다.
　시인은 영동에서 태어나 영동 청주 대전 서울 등에
서 배웠고 초등학교 고등학교 선생을 거쳐 대학교수
로 시와 시인을 가르쳤다. 그리고 퇴임 후 영동으로
귀향하여 이 시를 썼다. 나는 20대 초반 금강이 굽어

안은 심천 미루나무숲에서 이 시인을 만났다. 큰 키에 굵은 눈망울이 선한 이국적 풍모를 띠고 있었다. 일행을 반기며 달려온 그의 손에 커다란 수박이 들려 있었다. 모래밭으로 그의 큰 키 뒤로 그림자 하나도 따라오고 있었다. 금강을 향해 달려가는 물살이 여울소리를 내고 있었다. 영동은 많은 문인을 배출한 곳. 2023년 12월 9일 영동문학관이 문을 열었다.

우리는 가볍게 웃었다

문태준(1970~)

시골길을 가다 차를 멈추었다
백발의 노인이 길을 건너고 있었다
노인은 초조한 기색이 없었다
나무의 뿌리가 뻗어나가는 속도만큼
천천히 건너갈 뿐이었다
그러다 노인은 내 쪽을 한 번 보더니
굴러가는 큰 바퀴의 움직임을 본떠
팔을 내두르는 시늉을 했다
노인의 걸음이 빨라지지는 않았다
눈이 다시 마주쳤을 때
우리는 가볍게 웃었다

시간과 속도가 엉거주춤하고 멈추었다. 시골길 달리

는 차는 당연히 서야겠지. 거기에는 백발의 어르신 천천히 길을 건너기 때문. 그분에게는 조금의 초조한 기색도 없다. 심지어 나무의 뿌리 뻗어 나가는 그 속도만큼 느리게 움직인다 하니. 차를 멈춘 시인도 속이 탈 듯한데. 그대로 기다리고 있을 뿐. 어르신은 시인을 향해 눈길 한번 주더니 무언의 메시지 보낸다. 굴러가는 큰 바퀴 움직임 본떠 팔 내두르는 시늉 하는데. 그렇다고 절대 노인의 걸음이 빨라지지 않는다. 속마음이 그렇다는 뜻인 듯. 여유라 하면 좋을까.

　이렇게 속도의 조바심 내려놓은 채 노인과 시인이 마주친 눈길 두 번. 그건 어쩌면 초를 다툼하는 이 우주에서 조우하지 못할 뻔한 만남이었는지 모른다. 그걸 운명적 순간이라 할 수 있을지. 어느 시인도 왜 사냐고 물으면 그냥 웃지요, 했다. 이 세상에 웃음만큼 완벽한 해결사 어디 있을까. 웃음만큼 증거를 남기지 않는 영약 또 있을지. 그건 무언의 표정 속에 지구를 굴리는 거대한 힘이다. 웃음과 웃음이 마주칠 때 이 세상엔 사랑이 솟고. 웃음이 웃음을 감싸 안으면 막혔던 벽 허물어 새로운 길도 열어간다.

용돈

엔젤라 정(1952~)

어렵사리 그이가 직장을 잡은 이래
한 달에 두어 번 쏠쏠한 용돈을 준다
파랑색을 좋아한다고 하는 내게
컴퓨터 앞에 장난스레 펼쳐놓은 지폐들
해마다 이맘 때 봄이 되면
새 흙을 구해 꽃나무 가꾸고
화창한 하늘 보며 홈디퍼로 달려가
닭기똥을 사서 가든에 뿌렸다
그 사람 붉은 얼굴로 꼬집는 말
내가 준 돈으로 똥을 샀다고!

엔젤라 정은 미국 이민으로 겪은 일을 여유로 받아
들인다. 그의 시에서 눈에 띄는 것은 서로 다른 문화

에 대한 표현이다. 문화의 차이에서 발생하는 갭(gap)을 여유 있게 바라보며 웃음의 동력으로 연결한다. 문화의 간격에서 생성되는 그의 웃음에는 통찰과 직관이 스미어 있다. 엔젤라 정은 한국 여성으로 미국에서 외국인과 결혼하여 외국 문화를 체험한 내용을 시로 표현하고 있다. 이 시는 짧지만 서로 다른 문화의 차이를 재치 있게 표현하였다.

어렵게 직장을 구한 남편은 월급을 받아 아내를 위해 푸른 지폐를 펼쳐놓는다. 아내는 그것으로 봄 꽃나무에 주려고 달기똥을 샀다. 그리고 보니 결국 용돈으로 똥을 산 격이다. 이 시 마지막 부분은 "내가 준 돈으로 똥을 샀다고!"의 극적인 반전으로 시적 분위기에 전환을 꾀한다. 남편이 준 용돈으로 달기똥을 사서 꽃나무에 주고 그 나무가 꽃을 피웠다면 그것 이상 좋은 선물은 없을 것이다. 또한 이렇게 에피소드를 통해 한 편의 재미있는 시가 나왔다면 남편의 용돈은 그야말로 시인에게 최상의 선물인 셈. 엔젤라 정은 이민 사회 속에서 시를 쓰며 한국인의 정체성을 간직하려 노력하고 있다.

바람에 기대어

신호철(1954~)

바람에 기대어 나는 늘 살아왔네
소리 내 우는 바람에 기대어 살다가
평생 잊을 수 없는 단 한 사람
그대를 사랑하며 마음 졸였네
그저 지나칠 수 없는 바람에 기대어
깨어나고 잠들 때도 있었네

바람에 기대어 나는 늘 살아왔네
지울 수 없는 나의 사랑은
봄의 꽃잎으로 피어나 무작정
그대를 찾아 떠나는 길이 되곤 했네
어디선가 그대 향기 실은 바람이 불면
오늘도 한껏 기울어져 그대를 보고 있네
내 마음 흔드는 바람에 기대어
깨어나고 잠들 때도 있었네

이 시는 두 연이 첫 행과 마지막 행에서 동일하다. 그만큼 완벽을 꾀하려는 것이겠다. 시인의 삶은 언제나 바람에 기대며 살아온 것이라고. 바람이란 우리 삶을 흔드는 요소일 것인즉. 그 와중에도 그는 그대를 사랑하며 마음 조아린다. 그대를 통해 바람을 견디며 그대로 하여 시련과 고통을 극복한다. 이 세상은 언제나 바람이 잦지 않으니 그것은 고난의 연속. 그 삶 속에서도 언제나 우리는 그대를 의지하며 오롯이 살아내는 게 아닌가.

우리 일상도 늘 바람처럼 떠도는 일이다. 우리는 바람 부는 대로 꽃이 피는 대로 흔들리며 꿋꿋하게 살아왔다. 그래서 시인은 우리 삶을 바람에 기대어 살아왔네 라며 거듭 집약 표현한 것이다. 그러한 삶의 과정에서 우리 평생 잊을 수 없는 한 사람을 그리워한다. 그리고 그 마음을 모아 나를 세우고 달려간다. 그것을 일러 우린 사랑이라 말하는 것. 결국 우리들 삶은 바람 부는 대로 떠돌며 살아가는 부평초다. 그 속에서 누군가를 사랑하는 마음. 그 한 자락이면 모든 것을 버텨내는 것이니. 그 마음으로 그 정성으로 시인은 오늘도 시를 쓰고 또 사랑을 하는 것이다.

청포도

이육사(1904~1944)

내 고장 칠월은
청포도가 익어 가는 시절

이 마을 전설이 주저리주저리 열리고
먼 데 하늘이 꿈꾸며 알알이 들어와 박혀

하늘 밑 푸른 바다가 가슴을 열고
흰 돛단배가 곱게 밀려서 오면

내가 바라는 손님은 고달픈 몸으로
청포를 입고 찾아온다고 했으니

내 그를 맞아 이 포도를 따 먹으면
두 손을 함뿍 적셔도 좋으련

아이야 우리 식탁엔 은쟁반에

하이얀 모시 수건을 마련해두렴

청포도가 익어 가는 칠월이다. 이 시는 하늘과 바다의 '푸른색'과 구름과 돛단배의 '흰색'이 극명한 대조를 이룬다. 거기에 '청포도'의 색상이 영원히 강한 생명력을 부과한다. 그것은 익을수록 청록빛을 더해가며 이 시를 지배하는 것이다. 이렇듯이 「청포도」는 인간과 자연의 조화 속에서 꿈과 자유, 평화가 충만한 고향을 펼쳐 보여준다. 자연은 충만한 조화를 통해 청포도의 완숙으로 제시되어 있다. 그러나 인간의 모습은 아직 완전한 조화가 이뤄지지 않은 상태이다.

인간의 완전한 조화는 '나'와 '그'의 만남으로 이루어진다. 그것은 현실적 자아인 '나'와 이상적 자아인 '손님'의 완전한 만남으로 이루어질 수 있기 때문이다. 이러한 만남은 내가 '은쟁반'과 '모시 수건'을 준비해놓고, 적극적으로 삶을 추구하는 자세와 노력으로 성취될 수 있다. 그리고 그것은 현실 삶을 통한 노력으로 구체화되어야 하는 것이다. 「청포도」 속에서 화자가 실천

해야 할 덕목인 것이다. 이 시의 해석에 보다 중요한 대목은 시적 화자가 미리 준비해야 할 '은쟁반'과 '모시 수건'이다. 왜냐하면 그것을 준비하고 나서야 찾아오는 손님을 기쁨으로 맞이할 수 있기 때문이다.

넝쿨손

양안나(1960~)

어린 잎이 장대 앞에서 머뭇거릴 때
넝쿨손은 망설이지 않는다

허공 속 정지한 듯 서 있어도
줄을 더듬는 저 침착함
앞으로 앞으로 나아가는 묵언의 전진

줄을 움켜쥐고 돌돌 말아
몸부림 치며 오르는
온 세상 짐 다 짊어진 듯한 자세

샛노란 꽃 피고
주렁주렁 오이 열릴 때
굵은 마디마디는 빛나는 상처였다

오이 넝쿨손이

닿은 곳마다
바다향이 퍼지고 있다

우리 사랑이란 허공에 발을 딛는 것과 절대 별개가
아니다. 하여 나팔꽃의 어린 잎이 장대 끝으로 나아갈
때 어린 마음은 넝쿨손의 존재를 철석같이 믿는다. 그
콘크리트 신뢰가 천길 벼랑을 밀어 올리고 깊은 절벽
을 빼곡히 채워 허공에 든든한 계단을 쌓는다. 그 발
판을 딛고 어린 잎들은 하늘로 하늘로 오르는 것. 그
어린 꿈들이 하늘에 닿게 하는 것이다. 사랑의 힘이라
면 이 세상에 불가능한 건 없다. 사랑이 싹트면 허공
은 단단한 암반의 토대로 작용하는 것. 그 상상력의
씨앗도 다 사랑에서 움이 트는 것이다.
  칠월의 텃밭에 넝쿨손이 어린 잎을 안고 허공 속으
로 나아갈 때. 온 하늘의 별들도 극도로 숨을 고일 것
이다. 고요한 어둠 속에 별들이 더 반짝거리는 이유인
즉. 그 사랑으로 오이 줄기는 샛노란 꽃들이 무리무리
지어 피어난다. 연이어 오이들이 주렁주렁 열릴 것이
다. 이렇게 굵은 마디에는 빛나는 상처가 자라나는 법

이다. 이윽고 오이 넝쿨손 닿는 곳마다 이 세상 난바다엔 파도 잦아들고 그 물결 위로 새로운 길이 열리니. 그 바닷길로 통통배 달려갈 때 진한 바다향이 해일처럼 밀려오는 것이다.

바둑

정호승(1950~)

당신은 내 심장의 검은 돌을 쥐고
나는 당신 심장의 흰 돌을 쥐고
흑백의 조화야말로
당신과 나의 아름다움이라고
새벽이 올 때까지
바둑을 두었으나

이별의 순간이 찾아온 오늘
흑은 흑이고 백은 백이다
당신은 당신이고 나는 나다
바둑판에 흥건히 피가 고이고
번개가 치고 폭우가 쏟아지고

나는 심장마비가 와 구급차를 타고
응급실에 실려 갔다 왔다
다행히 바둑은 불계승不計勝이다

오늘은 비가 그치고
저녁이 찾아오고
당신을 사랑하던 내 심장의 바둑돌은
영원히 잠이 든다

이 세상 모든 것은 우리 생의 압축과 비유다. 그래서
시에는 이에 대한 표출로 넘친다. 하여 바둑을 두면
서도 사랑을 생각하노니. 그것은 흰 돌 검은 돌이 너
와 나의 사랑놀이이기 때문이다. 당신은 내 심장의 검
은 돌을 쥐고 나는 당신 심장의 흰 돌을 쥐고 정겹게
바둑을 두느니. 밤을 새워가며 우리는 사랑으로 사랑
으로 그렇게 일생을 살아온 것이다. 그러나 그 바둑도
끝이 있으니 결국 이별 아닌가. 내가 너를. 그리고 네
가 나를 사랑한다 해도. 어느 순간 우리는 돌 던지고
집을 계산하고 승부를 가늠해야 하는 것. 이러한 바둑
의 냉혹함이라니. 언제라도 끝까지 함께할 수 없는 불
가역적인 생의 종점에 닿으면.
　이별의 순간이 찾아오면 나는 흑이고 너는 백일 뿐
인지. 어느새 바둑판에는 흥건히 피가 고이고. 그리고

오늘처럼 장대비 내리치고 번개가 가르는 것이다. 또 어느날은 구급차에 실려 응급실에 가기도 하느니. 그때 돌을 놓고 계산하여 불계승임을 다행으로 여겨야 할 뿐일지. 어쩌면 생은 바둑의 그 팽팽한 긴장으로 이어지는 사랑이었다가. 끝내는 불계승으로 막을 내리고 마는 바둑일 것인가.

주름 하나를 지우고

최태랑(1950~)

나이 드니 이마 주름살 깊어져
주름만큼 말은 많아지고
남의 일에 끼어들기 일쑤고 제 자랑 많아진다
생이 흐르는 동안
밭고랑 같은 이랑에 어둠이 고여 있다
강남에 가서 주름살 하나 지웠다
몇십 년 시간이 한 줄
금세 어디론가 가버렸다
아직 남아있는 주름은 너무 깊어
늦은 날까지 노을빛을 띠고 있는데
세월이 흐르던 고랑이 없어졌다
어디로 갔을까 추방된 어둠은
주름 하나 갔는데
광야를 지나 먼 하늘
어느 혜성을 다녀온 것 같다
날아갈 땐 좋았는데 도착하고 보니

추락이다
주름을 지웠다고 세월까지 되돌릴 순 없다
저승꽃이 더 환해 보인다
주름을 잃고 나니 늙음마저 잃어버린 것 같아
다시 이마를 찡그려본다

늙어가는 것이 아니라 익어가는 것이라오. 우리는
목청 높여 노래를 부르며 세월의 층계를 힘겹게 올라
가지만. 어쩌나 그건 단지 언어의 미화일 뿐인지 모
른다. 늘어난 주름만큼 자꾸 말은 많아지고. 쓸데없는
참견도 커지고. 자꾸 자기 자랑만 늘어놓게 되는 걸
어쩔 도리가 없다고. 어느날 용기를 내서 강남으로 나
가 주름살 하나를 지웠는데. 그렇게 몇십 년의 시간이
굵게 새겨진 줄 하나 금세 어디론가 날아갔는데. 그건
세월이 흐르던 고랑이 없어져 버린 것이다. 하여 어느
혜성을 다녀온 것 같은데. 도착해보니 추락이었다며
당황한다.
　주름 하나를 지웠다고 세월까지 되돌릴 수야 없겠
지. 오히려 저승꽃이 더 환해졌다고 하니. 순간의 쾌

감도 잠시 후 역전이 되고. 세월 흐르던 주름이 사라져 쌓이는 시간에 떠밀려가는지 모른다. 아무래도 이 시의 압권은 마지막 부분에 있으니. 그것은 "주름을 잃고 나니 늙음마저 잃어버린 것 같아"일 듯하다. 늙음의 상징인 주름은 외부로 드러날 때만 의미를 갖는데. 그것을 지워버렸으니 이제 골리앗의 아킬레스건을 잃어버린 셈 아닌가. 하여 어느새 그 늙음의 능력도 사라지고 만 셈이 아닌가.

꽃과 함께 식사

주용일(1964~2014)

며칠 전 물가를 지나다가
좀 이르게 핀 쑥부쟁이 한 가지
죄스럽게 꺾어왔다
그 여자를 꺾은 손길처럼
외로움 때문에 내 손이 또 죄를 졌다
홀로 사는 식탁에 꽂아놓고
날마다 꽃과 함께 식사를 한다
안 피었던 꽃이 조금씩 피어나며
유리컵 속 물이 줄어드는
꽃들의 식사는 투명하다
둥글고 노란 꽃판도
보라색 꽃이파리도 맑아서 눈부시다
꽃이 식탁에 앉고서부터
나의 식사가 한결 부드러워졌다
외로움으로 날카로워진 송곳니를
함부로 보이지 않게 되었다

물가를 지나다 이르게 핀 쑥부쟁이 한 가지 꺾어다 나홀로 식탁에 꽂아두고. 꽃과 함께 식사를 하는 시인이 있었다. 감성이 너무 섬세해서 작은 사연에도 눈물이 잦았던 시인 하나. 세속의 가치에 치열한 투쟁적 삶은 멀리 던져두고. 저 산야의 자연과 생명의 호흡 쪽으로 더 깊이 다가갔던 그의 삶. 그래서 그의 시와 옷깃에는 늘 풀물이 짙게 배어 있곤 하였다. 새벽까지 빛나던 별빛 하나가 그의 어깨 위에 앉아 졸곤 하였다.

　그런데 무엇이 그를 서둘러 이승의 길 떠나게 한 것인가. 아직도 그와 함께 나누던 따뜻한 식사 한 끼 떠올라 눈물겨운데. 또 한 끗 생각하니 그때 더 많이 그의 잔을 채워 줄 걸 그랬나 하는 후회뿐. 더 자주 그와 오솔길 걸으며 그의 외로움 속으로 다가갈 걸 그랬나 하는 아쉬움뿐. 세상 이치란 모든 게 다 지나고 나서야 또렷이 보이는 법이어서. 이제 그 길로는 다시 돌아갈 수도 없으니. 이제 그도 저곳 다른 세상의 삶에 10년을 채워가고 있으니. 그가 머무는 곳 담장 가에 단정한 꽃밭도 아담하게 가꾸고. 꽃밭에 꽃 피거든 그곳에서도 더 푸짐한 식탁 차려 꽃과 함께 즐거운 식사를 하기 바란다.

돌

전 형(1907~1980)

고운 빛깔이며
아름다운 향기는 애당초
나와 인연이 멀다

오랜 옛날에 조물주의
버림을 받아 몹시 성가신
존재로 집 옆에 버린 채
수많은 구둣발에 채이고

비바람도 모진 눈바람도
고스란히 맞으며 뭇매도 맞으며
세월이 가니 마음처럼 모난
돌들도 이젠 둥그런 달이
되네요

그래도 진흙으로 부서지긴 아까워

못 생긴 채 돌의 몸을 지닌 채
푸른 하늘만 하늘만 쳐다본다

전형(全馨)은 충북 옥천 태생으로 정지용 시인보다
다섯 살 아래였다. 죽향초등학교와 옥천공립보통학교
를 졸업한 후에 서울 보성고등보통학교를 중퇴한다.
일본대학 문과에 유학하였으나 이 또한 중퇴하였다.
1932년 『혜성』지에 첫 작품으로 시 「춘일점경」을 발
표한다. 그는 《매일신문》, 《조선중앙일보》 기자를 거
쳐 1945년 10월부터 대전의 《동방신문》 주필로, 그
리고 1952년부터는 《대전일보》 주필로 1970년 사임
하기까지 언론인으로 활약한다. 한편 문인으로의 활
동으로 《대전일보》에 시를 비롯한 다양한 장르의 작
품을 발표했다. 그리고 1980년에 별세하였다.

이 시는 돌을 객관적 상관물로 자신의 삶과 세계관
을 드러내고 있다. 시인과 동일시되는 돌은 스스로가
흙수저임을 자임하는 것이다. 그러나 돌은 출신이나
태생적 위상을 딛고도 각고의 노력을 통해 '둥그런 달'

로 진화해가는 과정을 거쳐온 것이다. 어쩌면 그것은 현실의 삶에 적응하기 위한 지혜였을 것이다. 그러면서도 그는 늘 그렇게 닳고 닳다 보면 진흙으로 부서질 것을 두려워하여 경계하였던 것이다. 이는 식민지 지식인으로 살아오며 겪었던 고뇌를 반영한 것일 테다. 하여 그는 못생긴 돌의 몸을 지닌 채로 푸른 하늘만 똑바로 쳐다보았다고 하였다. 생의 강한 의지를 엿볼 수 있는 것이다.

우리에게

이성률(1964~)

별마로 천문대에서
나란히 직녀성을 본다
언제였을까 너와 나
오랜만에 같은 곳
지그시 눈 맞춘다
내일을 바라고 총총히
생활을 공전하는 동안
너는 나에게 나는 너에게
얼마나 낯익은 서운함일까
별똥별처럼 앙상한 꼬리
내리고 싶을 때 많은 형편
우린 서로에게 얼마큼
돌아와야 하는 먼 길일까

우리는 어느새 서로에게서 너무나도 멀리 와 버린 건 아닐까. 마치 나팔꽃이 뿌리로부터 줄기를 세차게 뻗어 올리다보니 어느새 바지랑대 끝에 도달해. 이제는 제 뿌리와 가슴이 서로 만날 수도 없게 된 것처럼. 우리는 때로 멀수록 가깝고 가까울수록 더욱 멀다고 말하지만. 오늘 너와 나는 별마로 천문대에 와서 똑같이 직녀성을 향해 지그시 눈 맞추었다. 비로소 별은 우리가 생활의 공전 속에 상투화되어 있는 현실을 활짝 눈뜨게 해준다. 그러니 사람들은 별마로 천문대에 와야 하는 것이다. 그간에 잊었던 서로를 다시 확인하고 자신의 내면을 들여다보기 위해. 그것은 단지 별을 보려는 게 아니라 너와 나의 눈길을 강렬히 마주하기 위한 것이다.

그러니 이제 우리는 서로에게 얼마나 더 가깝게 돌아가야 하는가. 그만큼 멀어져서야 서로를 그리워하는 게 아닐까. 삶의 회전축이 다 닳아 없어지도록. 우리는 돌고 또 돌면서 서로에게 점점 더 멀어져 가고 있는 게 아닌가. 서로를 사랑한다고 힘주어 말하면서도 서로의 주변만을 맴돌고 있는 게 아닐지. 쓰러진 자전거의 헛바퀴가 허공을 향해서 돌듯이. 그것과 다를 바 없이 너와 나도 공전하는 건 아닌가. 그렇다. 우리 사랑은 나란히 서서 동시에 한 곳을 아주 강렬하고도 열정적으로 바라보는 것이다.

화석化石

박헌오(1949~)

암벽에 들어가서
세월 닫고 참선하며

숨 한번 쉬지 않고
물 한 방울 먹지 않고

기어이
적멸寂滅에 들어
태초太初의 향 피우는 꽃

눈 한번 깜빡 않고
이 세상을 지켜 보며

티끌도 탐치 않고
청정만을 누려온 몸

수억 겁
우주 신비가
단층마다 살고 있다.

우리 민족 고유의 시조는 압축과 비약이 극대화된
문학 양식이라 말할 수 있다. 그러므로 시조의 품격은
간결함 속에 시간과 공간의 조화를 집약적으로 드러
내는 데 있다. 그 결과 우리 민족의 정갈한 정신을 간
직해 오고 있는 것이다. 시조 「화석」 또한 화석을 통
해 시간의 공간화, 공간의 시간화라 할까 하는 점을
절묘하게 묘파해내고 있다. 시조는 현대에 이르며 그
기세가 다소 수그러들고 있는 듯하나, 앞으로 우리가
좀더 부흥시켜 가야 할 고유한 문학 장르라 판단한다.
어떤 작품이 있어 전 국민이 그것의 전문을 암송하며
간직해올 수 있을까. 고려말의 정몽주와 이방원이 화
답했던 시조 「하여가」와 「단심가」가 바로 그것이다.
  1연은 화석의 전생前生이라 이를 수 있다. 그리고 2
연은 화석의 현생現生이라 할 수 있겠다. 그런 점에서

이 시 사유의 바탕은 불교적이라고 말할 수 있는 것이다. 시인이 말을 극도로 줄이려는 심사 속에 적멸, 태초, 티끌, 청정, 수억 겁, 우주, 신비 등의 시어가 내뿜는 향기가 시조 행간마다 오롯이 배어 있다. 그런즉 굳이 초장의 "암벽에 들어가서 / 세월 닦고 참선하며"를 반복해 거론하지 않아도 될 터이다. 화석이란 우리 생의 흔적이 숨을 멈추고. 돌 속에 갇혀 정지한 채 천년을 더 살아오는 것이다. 그 생리는 바로 우리 시조의 정갈한 미학의 본질이라 할 수 있다. 그러니 우리 시조란 민족의 정서와 정기가 새겨진 화석 그 자체가 아닌가.

오독誤讀

구석본(1949~)

TV 자막에서
'미녀'를 '마녀', '회장실'을 '화장실',
'사건'을 '시간'으로 읽었다.

가을날,
수목원 나무에 걸린 명패에서
'수액樹液'을 '추억追憶'으로 읽는다.

오독誤讀이다.

'고목나무'를 '고독나무'로 읽은 날,
비로소 알았다.
오독이 아니라
비워진 마음의 중심에서 울려온 말씀인 것을.

이 가을 수목원에는

고독나무가 붉게 물들어가고 있다.

문학비평에 오독이 정독이라는 말이 있다. 문학에
는 정답이 없다는 게 정답이라 할 수 있는 것이다. 그
러니 우리 이제 용기를 내어 시의 바다 속으로 풍덩
뛰어들어 보자. 그리고 자유형이든 배형이든 평형이
든 우리가 할 수 있는 모든 몸짓으로 물을 밀며 가 보
자. 운동의 목적이 곧 금메달을 따는 것만은 아닐 테
니. 무엇보다 자기주도적으로 시를 읽고 독자중심적
으로 시를 읽어야 할 것이다. 시력의 착오로 치부해야
할 오독이란 실은 그 심리에 그것을 낳은 심리적 방향
성을 간직하고 있다.

언어는 결핍이라는 말이 있다. 우리가 자주 쓰는 언
어는 기실 우리가 내면에 그 결핍된 것을 드러내는 것
일 수 있다. 꿈은 무의식의 반영이라 했다. 그래서 무
의식이 진심이라고 한다. 그러니 '고목나무'를 '고독
나무'로 읽은 것은 대단히 객관적 진실이다. 가을의
'고목나무'란 얼마나 외로울 것인가. 외진 곳에 따로
떨어져 늙은 나무. 그러니 '고목나무'는 곧 '고독나무'

그 자체가 아닌가. 시인의 감정이 오독을 낳기 이전부터도 '고목나무'는 '고독나무'인 것이니. 이처럼 적확한 표현이 또 있을까. 이 얼마나 넓고도 깊은 직관인가. 통찰인가.

정거장에서의 충고

기형도(1960~1989)

미안하지만 나는 이제 희망을 노래하련다
마른 나무에서 연거푸 물방울이 떨어지고
나는 천천히 노트를 덮는다
저녁의 정거장에 검은 구름은 멎는다
그러나 추억은 황량하다, 군데군데 쓰러져 있던
개들은 황혼이면 처량한 눈을 껌벅일 것이다
물방울은 손등 위를 굴러다닌다, 나는 기우뚱
망각을 본다, 어쩌다가 집을 떠나왔던가
그곳으로 흘러가는 길은 이미 지상에 없으니
추억이 덜 깬 개들은 내 딱딱한 손을 깨물 것이다
구름은 나부낀다. 얼마나 느린 속도로 사람들이 죽
어갔는지
　얼마나 많은 나뭇잎들이 그 좁고 어두운 입구로 들
이닥쳤는지
　내 노트는 알지 못한다, 그 동안 의심 많은 길들은
　끝없이 갈라졌으니 혀는 흉기처럼 단단하다

물방울이여, 나그네의 말을 귀담아들어선 안 된다
주저앉으면 그뿐, 어떤 구름이 비가 되는지 알게 되
리
그렇다면 나는 저녁의 정거장을 마음속에 옮겨놓는
다
내 희망을 감시해온 불안의 짐짝들에게 나는 쓴다
이 누추한 육체 속에 얼마든지 머물다 가시라고
모든 길들이 흘러온다, 나는 이미 늙은 것이다

그는 이미 청년에 늙어버린 것인가. 그렇다. 모든 사
람이 호기심으로 이 세상을 쳐다보며 신기해 할 때도
그는 먼저 저편 능선을 넘어가 저녁노을 바라보고 있
었다. 그는 이미 이 지상의 일들에 싫증이 날 대로 난
상태. 그래서 그에게는 더 이상 이 지상의 일들에 의
미를 잃어버리고 말았다. 흥미를 느끼지 못했던 것이
다. 마른 나무에서 연거푸 물방울이 떨어질 때. 이제
그는 천천히 노트를 덮었다. 그리고 다시는 절망을 노
래하지 않겠다 했다. 그가 노래해 왔던 절망의 언덕을
넘어서 이제 희망을 노래하겠다고 선언했다. 그리고

그는 그러한 선언을 시로 채 다 보여주지 못한 채 젊은 날 그의 길로 갔다. 어느 심야 영화관에서. 이제 그가 간 지도 서른다섯 해가 지나가고 있다.

하여 시인이 머물다 갔던 28년 몇 개월의 시간 속에. 그는 깊은 시심을 아로새겨 놓았다. 그리고 그는 이렇게 우리 가슴에 영원히 서늘하게 살아 있다. 우리들의 시간은 모두에게 언제나 똑같은 물리적 상황은 아니다. 나는 어느새 그가 이 세상에 머물던 순간을 두 배 이상이나 넘겨 살고 있다. 그러나 그가 머문 짧고도 굵은 시간의 흔적은 아주 선명하다. 그는 우리 국민 모두 두 번째로 좋아하는 시인이 되었다. 그래서 그동안 그의 좋은 시는 수많은 좋은 시를 낳았고. 그를 따라 또 많은 시인들이 태어나고 있다.

시를 읽는 기쁨
– 현실과 이상을 통합하는 지혜

김완하

1. 머리말

문학은 인간 의식세계의 한 결핍 요소를 드러낸다고 할 수 있다. 문학이 지향하는 바는 그것이 가상의 세계이든, 또는 현실의 세계이든 만족이나 기쁨 그 자체를 나타낸다기보다 삶의 결핍을 채워주고 자유와 행복을 꿈꾸는 행위로 드러나게 마련이다. 이점에서 문학은 인간이 처한 현실에 안주하거나 무조건 긍정하기보다 얼마간은 현실에 대한 부정에서부터 출발하는 것이다. 그러나 문학은 단순한 부정에 그치지 않고 그 부정을 넘어서는 긍정을 지향한다고 할 수 있다. 그러므로 모든 문학은 궁극적으로 현실에 대한 애정의 한 형태라 판단된다.

문학은 인간의 의식지향 행위로서 궁극적으로 보다 바람직한 세계를 꿈꾼다. 문학이 어떠한 대상에 대하여 부정적인 입장을 취하여 비판의 칼날을 날카롭게 들이댄다거나, 아니면 긍정적인 입장을 취하여 화해의 자세를 취할지라도 결국 그것이 지향하는 점은 우리가 도달해야 할 바람직한 세계에 닿기 위한 노력의 일환이라 할 수 있다. 한 대상에 대한 시각은 크게 부정적인 입장과 긍정적인 입장으로 나눌 수 있지만, 그것과의 조화나 통합을 지향하려는 태도도 있다. 이렇게 보면 시인이나 작가들은 세 가지의 자세로 이 세계에 대해 대응방식을 취하는 것이다. 그러나 그것들은 모두 우리 인간 세계를 조화로운 차원으로 만들어 가려는 의지의 발현인 셈이다.

인간이 하나의 대상을 향하여 갖는 부정적 자세나 긍정적 자세로는 궁극적으로 우리 삶을 적절하게 포괄하지 못한다. 우리가 놓여 있는 세계를 올바로 인식하기 위해서는 긍정의 입장이나 부정 그 어느 한편만으로는 불가능하고, 그것들 사이의 갈등을 수용하고 조정하여 통합할 때만 가능한 터이다. 그러나 긍정이나 부정의 한 면으로 보는 것보다 그것은 또한 얼마나 어려운 일인가. 현실의 갈등을 수용하고 통합한다는 것은 그리 간단한 일이 아니기에 끝내 우리는 그 갈등으로부터 완전히 자유로울 수가 없다. 어찌 보면 그 갈등 자체를 참답게 보여주는 것이 보다 인간적 진실에 가깝다고 할 수 있을 것이다. 우리가 문학을 통해 얻을 수 있는 것도 이와 같다고 말할 수 있다.

우리 인간이 살아가며 겪는 갈등 가운데는 현실과 이상 사이의 괴리감으로 유래하는 것이 매우 크다고 하겠다. 이러한 갈등은 영원히 해결될 수 없는 문제인지도 모른다. 그러기에 이점이 문학의 관심사로 제기되어 오는 것이다. 우리가 현대시에서 인간이 겪어야 하는 현실과 이상 사이의 갈등 구조와 그것이 어떻게 역설적 언어를 통해 형상화되고 있는지 살피고자 하는 것도 그 까닭이다.

2. 현실과 이상 사이의 갈등

인간이 놓여 있는 현실은 극복과 지양의 대상일 뿐이지 향유와 만족의 대상은 아니다. 물론 주어진 현실을 긍정하고자 하는 입장이 있을 수 있으나, 그것 또한 현실을 넘어서려는 또 하나의 발상일 뿐이다. 이는 인간에게 주어진 보편적 조건이며 끝내 풀 수 없는 인간 존재의 본질일 수도 있다. 그만큼 인간은 불완전한 존재로 놓여 있는 셈이다. 그리하여 인간 자체가 모순이라는 결론에 이르기도 한다. 다시 말하면 인간은 그 자체로 불완전하며, 그것을 완전하게 채우려고 아무리 노력해도 다 채울 수 없다는 점에서 또한 불완전하기 때문이다.

따라서 인간은 현실과 이상 사이의 갈등을 겪을 수밖에 없는데, 이러한 사실은 서양의 신화에도 자주 나타나 있다. 가령 시지프스 신화에서 알 수 있듯이, 제우스 신에게 가혹한 형벌로 시지프스가 감당해야 하는 고통은 인간이 이상과 현실 사이에서 겪어야만 하는 정신적 갈등을 상징적으로 보여주고 있다. 시지프스는 계곡 속에 처박힌 거대한 돌덩이를 힘겹게 밀어 올려 산 정상으로 옮겨야 한다. 그러나 그 돌은 산 정상에 도달하는 순간 계곡으로 다시 굴러떨어진다. 그러면 시지프스는 다시 계곡으로 달려 내려와 그 돌을 밀어 올리는데, 산 정상에 도달하면 또다시 그 돌은 계곡 속으로 굴러내려 박히는 것이다. 이렇게 잠시도 쉴 수 없이 계곡에서 산 정상으로 돌덩이와 함께 오르내려야 하는 시지프스는 현실과 이상 사이의 괴리감으로 곤혹 속에 처해 있는 인간의 모습을 비유적으로 제시한다. 시지프스 신화에서 계곡은 현실을 암시하고 산정상은 이상을 상징함으로써 바로 우리 인간에게 현실과 이상 사이의 닿을 수 없는 거리를 제시한다. 인간이 이상의 세계를 향하여 각고의 노력으로 나아가 거기에 도달하는 순간 그는 다시 현실로 추락하고 마는 것이다. 인간은 끝내 이상세계에는 도달할 수 없다는 것이 시지프스 신화의 내용이다. 다시 말하면 인간은 현실 속에 만족하여 안주하거나, 그렇다고 이상에 도달하여 참된 자유를 누릴 수도 없다는 점을 상징적으로 간파해 주는 것이다. 그러므로 인간은 태어나서 죽을 때까지 현실로부터 이상을 향해 나아가며 끊임없이 좌절하고 갈등하지 않을 수 없다는 것이다.

이러한 점은 다시 탄타로스신을 통해서도 읽어낼 수 있다. 탄타로스 또한 제우스신에게 형벌을 받는다. 탄타로스는 진흙 수렁에 빠져 목만 내놓고 굶주림에 시달린다. 그는 몸을 움직일 수 없는 상태에서 바로 코앞의 잘 익은 복숭아와 턱밑에 놓인 깨끗한 물을 바라보고 있다. 그가 배고픔을 채우기 위해 코 앞의 복숭아를 향하여 턱을 들거나 갈증을 풀기 위해서 턱밑의 물을 마시려 고개를 숙이면 그만큼 복숭아와 물은 위나 아래로 이동하여, 끝내 그는 아무것도 먹을 수 없는 고통에 처한다. 결국 복숭아와 물은 탄타로스에게는 일정한 거리를 유지하면서 더 멀어지거나 더 가까워질 수도 없는 절대적 거리에 놓인 것이다. 여기에서 복숭아는 영원히 인간이 닿을 수 없는 이상을 상징하고, 물은 또한 인간이 만족할 수 없는 현실을 상징한다. 그러므로 끝내 인간은 이상과 현실 사이에서 괴리감을 끌어안고 갈등하고 고민하며 고통에 처해 있을 수밖에 없다는 점을 암시해 주는 것이다.

또한 이 문제는 철학적 사유의 토대가 되어 오기도 했다. 그 결과로 이상과 현실 사이의 갈등에 처한 인간의 모습은 거미에 비유되기도 하였다. 인간은 추녀 밑에 줄을 드리우고 매달려 있는 거미와 같은 것이다. 거미는 하늘로 올라가 살지도 못하고 땅으로 내려와 지상에서 살지도 못한다. 거미의 비유에서 하늘과 땅은 인간에게 현실과 이상 사이의 거리로 비유된다. 따라서 인간은 이상세계로 승화되어 살지도 못하고 그렇다고 끈을 끊어버리고 지상으로 내려와 살지도 못하는 것이다. 여기에서 거미에게 끈의 구속을 제기할 수 있는데, 만일 거미가 끈을 버린다면 그것은 바로 인간임을 포기하는, 인간으로서의 존재를 부정해버리는 행위가 될 터이다. 그러므로 거미에게 주어진 끈이란 인간에게는 운명이나 숙명이라 할 수도 있다. 인간은 그 끈을 유지함으로써만 인간일 수 있다. 그러므로 인간은 그 끈이 부여하는 구속과 갈등 또한 벗어날 수 없는 것이다. 그러므로 오히려 인간은 살아가면서 더욱더 끈에 매달리게 되는 것이다.

　이상에서 살필 수 있듯이 인간은 산다는 행위 앞에서 끝없는 갈등과 모순 속에 처하게 된다. 어쩌면 인간은 이러한 모순과 갈등 구조를 철저히 끌어안고 나아가는 것이 중요한 지도 모른다. 모순의 극복은 그것에 대하여 형이상학적 인식을 철저히 함으로써 모순이 야기하는 갈등을 뛰어넘는 상상력으로 가능할 것이기 때문이다. 바로 그러한 점이 문학 속에서 예리하고 깊이 있게 파악될 때 보다 탁월한 문학적 가치를 인정받을 수 있는 것이다.

　그러므로 모든 시인들은 근본적으로 아이러니에 놓이게 된다. 왜냐하면 그들은 현실에 바탕을 두면서도 현실을 뛰어넘으려는 의지를 갖고 있기 때문이다. 나아가 그들은 잘 쓰기 위해서 동시에 창조적이면서 비판적이어야 한다는 모순 속에 놓이기도 한다. 또한 그들은 정서적이면서 이성적이어야 하고, 무의식적으로 영감을 받으면서도 의식적인 예술가라야 한다. 작품은 현실 세계에 대한 것임을 내세우면서도 허구적이기도 하다. 아울러 아이러니의 형이상학적 원리는 우리의 본성 내부 모순과 그리고 우주의 신 내부에도 존재한다. 아이러닉한 태도는 사물에는 어떤 근본적인 모순으로 우리들의 이성의 견지에서 근본적으로 바로

188

잡을 수 없는 부조리가 있음을 의미한다. 이처럼 인간의 삶 자체와 시인들의 창작활동이 아이러닉한 상황에 놓이기 때문에, 문학 속에는 역설의 언어가 다양하게 나타난다. 더욱이 현대 사회의 속성은 점점 더 모순이 심화되어 가기 때문에 시인들에게 역설의 언어는 매우 중요한 것이다.

3. 역설적 표현의 양상

가치 있는 작품일수록 거기에는 시인의 복합적인 사유가 독특한 비유를 통해 드러나 있다. 그런 점에서 인간에게 주어진 갈등의 양상을 보다 깊이 표출해내는 것은 문학이 지녀야 할 작품성의 관건이 되기도 한다. 현대시에서도 이러한 점을 중심으로 인간의 존재론적 갈등으로서 이상과 현실 사이의 괴리감을 다양하게 표출하고 있는 작품을 찾을 수 있다.

이점은 김소월의 「山有花」에서 누차 지적되어 왔다. 그것은 "산에 / 산에 / 피는 꽃은 / 저만치 혼자서 피어 있네"라는 구절의 해석을 통해서 여러 평자들에 의해 파헤쳐졌다. 그 가운데에서도 김동리가 간파한 "인간과 청산과의 거리"를 형상화하고 있다는 지적에 이 작품의 초점이 모아지고 있다. 그만큼 이 부분은 「山有花」에서 매우 중심적인 내용을 담고 있다고 할 수 있다. 아직도 「山有花」는 다양한 해석의 여지를 남기고 있는데, 이는 바로 김소월의 시가 지니는 가치라고 인정할 수 있다.

봄은 인간의 관심을 자연으로 향하게 한다. 봄은 인간을 밖으로 불러내 우주 속에 그 일부로 서 있는 자신의 존재와 위상을 깨닫도록 한다. 우주의 만물은 끊임없는 순환 속에서 발생하고 성장하여 소멸하며 다시 그 과정을 반복해간다. 그리하여 봄은 나날이 새로운 활력으로 박진감 있게 생명의 리듬을 펼쳐낸다. 변화무쌍한 자연의 운행과 질서 그 조화는 영원히 반복되는 것으로 무한성을 지닌다. 그러나 인간은 유한한 존재이자 일회적 운명에 놓여 있다. 인간이 끊임없이 자연으로 다가가며 일체감을 이루고자 노력하는 것은 바로 그 때문이다. 그러나 인간은 자연과 화해할 수 없는 벼랑 위에 서 있는 것이 오늘의 현실이다. 그러므로 인간이 자연 속에 완전히 밀착되었던 시대를 신화시대라 하고, 인간이 그러한 시대의 상실을 넘어 다시 그 세계로 되돌아가고자 하는 욕구의 산물이 신화라 할 수 있다. 다시 말하면 인간은 자연과 조화를 이룸으로써 인간적 운명의 일회성을 극복해 보려는 의지를 가지고 있기 때문이다.

「山有花」에서 '저만치'라는 부사는 이 시의 중심 내용을 가장 압축적으로 보여주고 있다. 즉 저만치에 존재하는 자연의 영원성은 인간에게는 이상세계일 수밖에 없다. 그러나 인간은 자연으로부터 소외되고 단절됨으로써 결코 그곳에 닿을 수 없는 모순 속에 처해 있는 것이다. 이 시에서 화자가 서 있는 '여기'와 꽃들이 피어 있는 '저기' 사이는 바로 현실과 이상 사이의 커다란 괴리감을 시사한다. 이 시가 의미하는 바, 우주적 차원에서 인간의 위상을 돌아보려는 시인은 어느새 자연과 인간 사이에 일치할 수 없는 갈등을 첨예하게 깨닫는 것이다. 봄이 되면 끊임없이 새로운 활력으로 출발하는 자연 앞에 놓여 있는 인간으로서 일회적 운명이라는 한계는 바라볼수록 안타까운 일이다. 바로 그러한 점에서 김소월은 「山有花」를 통해 인간으로서의 존재론적 인식과 갈등 구조를 깊이 있게 펼쳐 보여준 것이다.

이육사는 일제 강점기라는 고통의 세계 속에서 더욱더 치열한 대결의지로 일관해 갔던 시인이다. 이점은 그가 보여준 비극적세계관의 발현이었으며, 바로 거기에서 이육사는 현실을 뛰어넘을 수 있는 지혜를 발견할 수 있었던 것이다.

매운 季節의 채쭉에 갈겨
마츰내 北方으로 휩쓸려오다

하늘도 그만 지쳐 끝난 高原
서리빨 칼날진 그 위에서다

어데다 무릎을 꿇어야 하나
한발 재겨 디딜곳조차 없다

이러매 눈 감아 생각해 볼밖에
겨울은 강철로 된 무지갠가보다
—「絶頂」전문

위 시에서 이육사는 자신을 극한 상황에 몰아넣음으로써 세계와의 치열한 대결을 벌인다. 그는 일제 강점기 현실과 적극적인 저항의 삶을 살았듯이 자신을 북방의 혹독한 겨울 앞에 몰아세운다. 더욱이 그가 위치하는 곳은 "하늘도 그만 지쳐 끝난 高原"이며 "서리빨 칼날진 그 위"인 것이다. 이 시에는 시인과 세계와의 적극적인 대결이 형상화되어 있다. 그는 "한발 재겨 디딜 곳조차 없"는 한계상황을 설정함으로써 무릎을 꿇을 수 없다는 역설로 단호한 의지를 드러낸다. 이 부분은 이육사의 비극적 세계관이 집약된 표현이라 하지 않을 수 없다. 다시 말하면 그는 "자신의 삶에 더 이상 물러설 수 없는 최종적 의의를 부여하는 결단의 자리"에 섬으로써 조국에 대한 포기할 수 없는 집념으로 그 상황에 철저히 맞서고 있다는 점이다. 따라서 '절정'은 육사의 굳은 신념의 절정으로서 비극적 상황이 비극을 초월하여 새로운 비전을 낳고 있다. 이육사는 세계와의 치열한 대결만을 통해서 현실을 넘어서려는 굳은 의지를 드러내 주었다. 이 시의 상황은 이육사 개인의 상황이면서도 그 당시 우리 민족이 처한 현실을 가장 집약적으로 표현한 것이다. 이점에서 이육사 시의 탁월함이 드러나는 터이다.

　우리는 비극적 현실을 뛰어넘는 육사의 자세에서 역설의 의미를 발견할 수 있다. 시인은 시대의 가혹한 형벌을 비유하는 "채쭉에 갈겨" 북방으로 쫓겨온다. 이는 외부의 압박에 의한 피동적인 행동이다. 그러나 시인은 결연히 "서리빨 칼날진 그 위에" 서는 행동을 보여준다. 이것은 혹독한 현실에 대응하는 매우 능동적인 자세로서 결코 꺾이지 않는 의지를 강조한다. '채쭉'에 대해서 시인은 철저히 '칼날' 위에 서기 때문이다. 이러한 점들은 역설로 파악된다. 더욱이 시인의 의지는 "한발 재겨 디딜 곳조차" 없기에 무릎을 꿇을 수 없다는 데서 극명하게 드러난다. 이육사는 스스로를 한계상황 속으로 과감하게 몰아세움으로써 그것과 철저히 대결해야만 하는 불가피성을 깨닫고 있었던 것이다. 도저히 견딜 수 없는 상황 가운데서도 시인은 결코 설 수 없는 '서리빨'의 "칼날진 그 위"를 선택하고 그 위에 자신을 세우는 비장미를 유감없이 보여주었다. 이로써 우리는 이 시에서 비극적 아이러니를 발견할 수 있다.

이러한 점들은 시의 후반부에 더욱 집약적으로 표출되어 있다. 전반부의 단호한 의지와 마지막 연의 "이러매 눈감아 생각해 볼밖에"의 상황 변화와 "겨울은 강철로 된 무지개"라는 표현에서 역설의 진수를 읽을 수 있다. 이 시는 절박한 비극적 상황 속에서도 시인이 화려한 '무지개'를 떠올리며, 그것이 "강철로 된 무지개"라는 사실에 이르러 극도로 긴장된다. 시인이 눈을 감는 행위는 피상적으로 드러난 현실을 차단하기 위한 것이 아니다. 오히려 그것은 비극적 세계와 철저히 맞서려는 순간의 결연한 행동이다. 시인은 눈을 감음으로써 비극적 황홀감에 젖고 있기 때문이다.

시인은 '北方'으로 쫓겨 와 '高原'에 서고 다시 디딜 곳조차 없는 공간으로 내몰리면서도 강인한 의지로 되살아난다. 그것이 극도로 상징화된 이미지 "강철로 된 무지개"로 떠오른 것이다. 이는 가장 강하며 곧은 강철과 가장 부드럽고 휘어 있는 무지개가 부딪치면서 '대조의 대극'에 의한 아이러니를 보인다. 즉, 현실을 초월하는 순간 시인의 의식 속에 떠오르는 선명한 무지개는 시인이 느끼는 비극적 황홀감을 깨닫게 한다. 시인이 자신의 몸을 던져 조국에 바칠 것을 생각하면 한없는 기쁨이고, 그러한 상황에 처한 조국을 생각하면 뼈저리도록 고통스러운 것이다. 그러한 현실을 뛰어넘기 위해서는 단호한 결단력이 필요했던 터이다. 그러한 순간 이육사의 의식 속으로 선명하게 떠오른 것이 바로 "강철로 된 무지개"인 것이다.

유치환의 시가 품고 있는 정서적 구조는 이중적 모습을 띠고 있다. 이는 아니마와 아니무스로 해석해 볼 수도 있을 것이다. 이러한 것 자체를 역설의 모습으로 파악할 수도 있다. 강한 의지를 표출하기 위해 내면에서 겪었던 여린 의식이 때로는 아주 나약한 여성의 모습으로도 표출되었기 때문이다. 그의 시가 보여주는 폭발력은 뜨거운 열정이기도 한데, 그것은 바로 사랑의 한 모습이기도 한 까닭이다.

이것은 소리없는 아우성

저 푸른 해원을 향하여 흔드는
영원한 노스탤지어의 손수건
순정은 물결같이 바람에 나부끼고
오로지 맑고 곧은 이념의 푯대 끝에
애수는 백로처럼 날개를 펴다
아! 누구인가?
이렇게 슬프고도 애닲은 마음을
맨처음 공중에 달 줄 안 그는
―「깃발」전문

　이 시는 관념의 세계와 경험의 세계가 절묘하게 결
합된 형이상학시라 할 수 있다. 시인이 표현하고자 하
는 관념이 바람 앞에 온몸을 휘둘리며 펄럭이는 깃발
의 이미지를 통해서 극도의 압축미를 품고 제시된다.
'깃발'이란 '깃대'와 '기폭(기)'이 결합되어야만 한다.
그러나 깃발을 이루는 깃대와 기폭의 역할은 서로 다
르다. 어찌 보면 대립적인 의미를 지닌다고 할 수 있
다. 다시 말하면 깃대는 기폭을 매달고 흔들리지 않으
려는 속성을 고수해야 한다. 그런 반면에 기폭은 깃대
에 고정되어 있으면서도 한없이 몸부림을 치며 흔들
려야만 한다. 이렇게 깃대와 기폭의 서로 대립적인 속
성이 조화롭게 결합할 때 깃발의 힘찬 펄럭임이 연출

된다. 다시 말하면 깃대에 매달려 펄럭이지 않는 기폭은 깃발이 될 수 없기 때문이다.

깃발의 중심을 잡고 굳게 서 있으려는 것은 깃대이다. 그것은 우리 인간에 비유한다면 인간으로서의 중심을 지키고 보다 꼿꼿한 모습으로 살아가게 하는 의지에 비유할 수 있다. 그리고 기폭은 바람을 온몸으로 감싸 안고 고정성을 거부하며 벗어나려는 속성을 지닌다. 이로써 인간의 내면에 도사리고 있는 억누를 수 없는 욕망으로 해석할 수 있을 것이다. 바로 이러한 두 가지 모습이 결합하여 하나의 깃발이 탄생할 수 있듯이, 인간 또한 중심을 지키려는 의지와 그것으로부터 과감하게 이탈하려는 욕구를 간직하고 있는 존재이다. 인간은 이러한 모습을 지니면서 살아갈 수밖에 없으며 또 그렇게 살아가는 것이 참다운 인간의 모습일 터이다. 그 어려움을 어떻게 극복하고 삶의 실천으로 옮겨 참다운 생의 가치로 승화시켜 나아가느냐 하는 문제가 우리에게 남아 있을 뿐이다.

우리는 인간적 갈등이나 번뇌가 없이는 해탈에 이를 수 없거니와, 또한 그렇게 할 수 있다 해도 그것은 그다지 의미가 없는 것일 터이다. 왜냐하면 애초에 아무런 갈등도 없다면 그것은 극복할 필요조차 없기 때문이며, 정신적 고뇌 없이 얻어진 깨달음은 깊은 의미를 주지 못하는 까닭이다. 마치 기폭이 강렬한 펄럭임을 끌어안기 위해서 깃대의 존재가 필요한 것처럼, 우리 삶의 속성도 그러하기 때문이다. 인간에게도 기폭의 펄럭임이 강렬하면 강렬할수록 깃대의 꼿꼿함이 필요한 것이다. 또한 깃대가 중심을 잡기 위해서는 기폭의 힘찬 펄럭임을 필요로 한다. 바로 이점에서 우리는 유치환의 「깃발」에서 인간적 내면에 거세게 일고 있는 바람과 거기에 펄럭이는 기폭 그리고 그것을 온몸으로 지탱하고 있는 깃대의 의미를 읽을 수 있는 것이다. 결국에는 깃대와 기폭이 하나로 동화되어야 하는데, 그것은 서로 다른 깃대의 속성과 기폭의 속성이 더욱 더 강력하게 부딪치면서 하나의 깃발로 조화를 이루는 단계를 말한다. 다시 말하면 깃발은 깃대와 기폭의 서로 대립되는 성질 사이의 갈등을 변증법적으로 통합하고 있다는 점이다. 여기에서 우리는 유치환의 내면에 일고 있는 거센 바람과 그것을 따스하게 감싸 안으려는 애정의 숨결을 동시에 발견할 수 있는 것이다. 기폭의 강한 펄럭임을 위해서는 깃대의 꼿꼿함이 필요하고 또한 깃대의 꼿꼿함이 존재하기 위해서는 기폭의 펄럭임이 더욱더 요구된다는 점이 매우 역설적인 것이다.

김영랑 시세계의 중심은 남도의 가락과 남도의 토

속어 활용에서 찾을 수 있다. 그의 시세계에 자리하는
어조는 여성적 톤으로 읽을 수 있다. 그러나 내면의
정서는 매우 강한 생명력으로 나타난다. 때때로 그의
시는 한의 육성을 내비치기도 한다. 그것은 육화된 언
어로 드러나 감칠맛 나는 시어의 질감을 만끽하게 해
준다.

> 모란이 피기까지는
> 나는 아직 나의 봄을 기다리고 있을테요
> 모란이 뚝뚝 떨어져 버린 날
> 나는 비로소 봄을 여읜 설움에 잠길테요
> 오월 그 어느날 그 하루 무덥던 날
> 떨어져 누운 꽃잎마저 시들어버리고는
> 천지에 모란은 자취도 없어지고
> 뻗쳐 오르던 내 보람 서운케 무너졌느니
> 모란이 지고 말면 그뿐 내 한해는 다 가고 말아
> 삼백 예순 날 하냥 섭섭해 우웁네다
> 모란이 피기까지는
> 나는 아직 기다리고 있을테요 찬란한 슬픔의 봄을
> ―「모란이 피기까지는」 전문

봄은 신선한 활력으로 우리 인간을 일깨운다. 그리

하여 봄은 정체되어 있던 우리의 의식 속으로 파고들어 새로운 힘을 부여하여 우리로 하여 전혀 새로운 모습으로 깨어나도록 촉구한다. 봄은 자연의 성장을 화려하게 드러내면서 그 절정에 '꽃'을 만개시킨다. 그리고 그 '꽃잎'을 화려하게 지움으로써 우리에게 상실감을 환기하며, 활기찬 신록으로 나아가 모든 것을 성숙시킨다. 이러한 자연의 활기찬 생명의 분출 앞에서 시인이 불현듯 자신의 존재를 실감하게 될 때, 그는 저 자연의 절대 무한성 앞에 서 있는 유한자의 한계를 느끼게 된다. 그러나 시인은 거기에 멈추어 서지 않고 그것을 넘어서기 위해서 시를 쓰는 것이다. 그것은 자연과 인간 사이의 좁힐 수 없는 괴리감을 정신적으로 극복해 내려는 것이기도 하다. 위 시는 그 대표적인 예의 하나일 것이다. 그러므로 이 시는 그 바탕에 인간과 자연의 절대적 거리에서 비롯되는 고독감을 짙게 깔고 있다.

이 시의 구절 "나는 아직 기다리고 있을테요 찬란한 슬픔의 봄을"에서는 역설의 언어로 봄이 불러일으키는 정서의 이중 구조를 보여준다. 시인은 봄에 대한 강렬한 기다림을 가지고 있다. 그러나 그 기다림의 대상은 "찬란한 슬픔의 봄"인 것이다. 그렇다면 역설적으로 그의 기다림은 "찬란한 슬픔"이기 때문에 이루어진 것이며, 그렇기에 그는 더욱더 기다리지 않을 수 없는 것이다. 다시 말하면 '찬란한 기쁨의 봄'이라면 기다릴 필요가 적다고 해석할 수 있을 것이다.

이 시에서 봄은 모란이 피는 계절과 등가의 관계를 이룬다. 봄은 겨울과 여름 사이에 놓여 있다. 그러므로 겨울 속에서 봄의 기다림은 모란이 피는 것에 대한 그리움이다. 그리고 여름에서 봄에 대한 회상은 곧 봄의 상실과 모란의 소멸이 주는 아쉬움을 의미한다. 따라서 이 시에서 시인은 봄에 대하여 기다림과 상실감의 이중적 감정을 지니고 있다. 그러한 감정은 모란이 피고 지는 것에 의해 매개되고 있다. 따라서 화자는 모란이 피는 봄을 간절히 기다리면서 동시에 모란이 지는 봄을 고통스러워하는 상황에 처한다. 모란이 피기를 기다리며 아직 도래하지 않은 봄 앞에서 시인은 두 가지 이율배반적인 정서를 갖는 것이다. 그것은 곧 봄에 대한 기다림과 봄이 주는 상실감이다. 그러므로 봄을 기다리면서 봄이 떠나갈 것에 대한 두려움이 동시에 시인의 가슴에 불길처럼 이는 것이다. 그래도 시인은 봄을 또 기다릴 수밖에 없고, 봄이 주는 기쁨과 상실감을 반복적으로 감싸 안으며 살아갈 수밖에 없는 인간의 숙명을 이 시는 노래한 것이다. 바로 이점이 시인에게는 "찬란한 슬픔"으로 다가오는 것이다.

자연의 변화는 무한하며 영원하기도 하다. 그러나 인간의 세계는 한 번의 탄생과 죽음 즉, 일회적 생이라는 인식이 이 시의 분위기를 애절한 방향으로 몰고 간다. 어쩌면 인간에게는 봄으로 상징되는 기다림이 있기 때문에 살아가는지 모른다. 그러나 그 기다림은 떠남을 전제할 때만 가능한 것이기도 하다. 그것이 우리 인간에게 주어진 역설의 의미인 터이다. 이 시에 내재하는 봄의 기다림에 대한 정서의 이중 구조는 바로 우리 인생이 처한 보편적 상황이다.

서정주의 시세계는 인간 운명의 비극성을 제기하면서, 그러한 운명의 구속에서 벗어나려는 육성의 몸부림이 지배적이다. 이러한 자세는 곧바로 역설적 의미로 인간의 운명에 대한 강렬한 애정으로 해석할 수 있다. 강렬한 부정은 강한 애착일 수도 있는 까닭이다.

香丹아 그넷줄을 밀어라
머언 바다로
배를 내어 밀듯이,
香丹아

이 다수굿이 흔들리는 수양버들나무와
벼갯모에 놓이듯한 풀꽃뎀이로부터,

자잘한 나비새끼 꾀꼬리들로부터
아조 내어밀 듯이, 香丹아

珊瑚도 섬도 없는 저 하늘로
나를 밀어 올려다오.
彩色한 구름같이 나를 밀어 올려다오.
이 울렁이는 가슴을 밀어 올려다오!

西으로 가는 달 같이는
나는 아무래도 갈 수가 없다.

바람이 波濤를 밀어 올리듯이
그렇게 나를 밀어 올려다오
香丹아
―「鞦韆詞」 전문

　이 시는 「춘향전」을 원 텍스트로 하는 일종의 패러
디 형태를 취하고 있다. 그러므로 춘향전의 내용을 알
고 있는 독자들에게 이 시는 매우 다양한 의미로도 읽
힐 수 있게 된다. 「춘향전」의 서사구조 가운데 이 시
는 어느 맥락에 놓일 수 있을까 라는 면에서 살펴볼
수 있다. 이 시의 맥락을 춘향이가 이도령과 만나기
이전인가, 만나는 도중인가, 아니면 헤어진 뒤인가의

시간을 구분해 볼 수 있다. 그 가운데 이 시의 내용은 춘향이가 이도령과 헤어지고 변사또에게 고초를 겪으면서 고통 속에 살아가고 있는 상황과 어울린다고 할 수 있다. 즉 춘향에게 갈등과 고통이 가장 고조되던 때에 이 시는 더 어울리기 때문이다. 그만큼 이 시는 시인이 느끼는 고통의 무게를 「춘향전」의 서사구조를 통해서 극대화하고 있다는 것이다. 그렇게 함으로써 현실에서 벗어나려는 시인의 의지를 더욱 강렬히 효과적으로 표출할 수 있는 까닭이다. 또한 시인은 춘향이와 향단이라는 화자와 청자를 동원해 이 시를 독자들에게 매우 친근하게 접근시키며 우리 인간들의 보편적 모습으로 확산시켜 가고 있다.

이 시에서 화자는 춘향이의 모습으로 등장하여 향단이에게 간청하고 있다. 춘향이는 그넷줄에 올라선 상태이다. 그리고 향단이에게 현실의 구속과 갈등을 벗어나기 위해 힘껏 밀어 올려 달라고 요구한다. 그러나 그 시대 상황으로 미루어 볼 때 춘향이의 고통을 향단이가 해결해 줄 수 있을 것은 아무것도 없다. 이 시에서 우리는 자잘한 일상의 구속과 갈등으로부터 벗어나 자유를 누리려 하는 시인의 내면을 엿볼 수 있다. 그네는 인간이 지상을 벗어나서 좀더 하늘에 가까이 다가서려는 욕구로 만들어낸 도구일 것이다. 춘향이는 그네라는 도구를 통해서 현실에서 벗어나려 한다. 그러기에 이 시에서 우리는 그네가 갖는 속성을 잘 살펴볼 필요가 있다. 그네에는 근본적으로 내재하는 갈등 구조가 있기 때문이다. 그네는 줄에 매달린 사람을 지상으로부터 공중으로 솟아오르게 하지만 다시 그 줄에 의해 지상으로 곤두박질치게 한다. 그리고 다시 그 반작용에 의해 지상으로 차오르게 하는 운동을 반복하는 것이다. 이 맥락에서 지상은 현실이며 하늘은 이상이라 할 수 있다.

결국 춘향이를 묶어두는 것은 그넷줄이다. 그러나 그넷줄을 끊어버리면 그네는 존립할 수가 없다. 춘향이 또한 존재할 수가 없다. 따라서 그네가 아니라면 춘향이는 하늘로 차오를 수조차 없게 된다. 그러므로 그넷줄은 인간으로서의 숙명이며 타고난 운명인지도 모른다. 인간이기를 포기하지 않는 한 우리가 둘러쓰고 살아가야 할 인간이라는 운명은 그넷줄과 같은 의미로 해석할 수 있기 때문이다. 그넷줄이라는 구속을 통해서만 그네 타기는 가능하고 그것으로 하늘에 이를 수 있다. 그러나 그것 때문에 다시 지상으로 되돌아와야 하는 것이 바로 그네이기 때문이다. 그네로 밀어 올려 닿을 수 있는 하늘의 공간이 암시하는 이상세계와 지상으로 곤두박질쳐서 이르는 현실 사이를 쉬지 않고 끊임없이 왕복운동으로 지속하는 것이 그네이고 그것이 바로 우리 삶인 것이다. 그네의 흔들리는 과정은 곧 우리 인간 삶의 갈등 구조를 객관화시켜 보여준다. 그네의 줄을 끊어버릴 수 없으며 그 그넷줄에 의해서만 다가갈 수 있는 이상세계, 그리고 다시 지상의 현실로 떨어지는 인간의 운명은 바로 우리 인간이 살아가는 현실인 것이다.

4. 맺음말

문학의 역할이 가능하다면 그것은 현실 문제의 어려움을 해결해 주고 문제의 정답을 찾아주는 일은 아닐 것이다. 어찌 보면 삶에 대한 새로운 시야를 열어주고 문제에 대해 올바른 인식을 하도록 실마리를 제시해 줄 뿐인지 모른다. 인간에게 부여되는, 인간 스스로 해결할 수 없는 문제들은 인간이 타고난 운명이자 숙명인 것이다. 그것을 근본적으로 벗어나려 하는 것은 불가능한 일인지도 모른다. 그렇다면 이러한 문제는 어떻게 해결할 수 있는가. 그것은 어쩌면 인간에게 주어진 상황을 깊이 인식하고 그 상황에 철저히 다가서는 일인지도 모른다. 바로 우리는 현실을 딛고 일어서야만 그것의 극복이나 초월도 가능하기 때문이다.

앞에서 살핀 시에서 우리 인간에게 주어진 현실과 이상 사이의 갈등을 발견할 수 있었다. 인간은 현실에 만족하거나 안주해서 살아갈 수 없는 존재이다. 그러므로 인간은 현실로부터 새로운 세계로 나가려는 의지를 펼친다. 이육사의 시 「絶頂」이나 유치환의 시 「깃발」, 김영랑의 시 「모란이 피기까지는」 그리고 서정주의 「鞦韆詞」는 바로 인간으로서의 한계를 극복하고자 했던 시인들의 예리한 상상력이 역설의 언어를 통해서 표출된 것이다. 현실 속에서 우리 앞에 놓인 대상이 당장은 이상세계가 될 수 있다. 그러나 그것이 성취되었을 때 그것은 다시 현실이 되어버리기 때문에 인간은 또 다른 이상을 추구할 수밖에 없는 것이다. 우리가 처해 있는 영원한 갈등 구조의 극복은 그것을 조화롭게 수용하고 통합할 때만이 가능한 것이다.

가령 우리가 바닷가에 서서 앞에 놓인 수평선을 바라본다고 하자. 우리가 수평선 앞에 설 때 그것은 어떤 절대성의 궁극을 깨닫게 한다. 인간이 다가갈 수 없는 거리, 그러나 우리를 그쪽으로 이끌어가는 빛, 그것은 우리가 추구해야 할 삶의 가치이자 진리로 비유할 수 있다. 우리가 수평선을 향해서 다가가는 만큼 수평선은 뒤로 물러서기 때문이다. 이를 우리 삶의 전반으로 확대하면 삶의 본질을 확연하게 깨닫게 해준다. 이렇듯이 삶의 가치와 진리는 끝이 없는 것이다. 그러기에 그것은 우리 삶의 영원한 목적이자 지향점이기도 한 터이다. 앞에 놓인 수평선과 우리 사이의 거리는 절대적이다. 그것은 인간의 한계를 의미하기도 한다. 그러나 그것은 역설적으로 우리에게 더 큰 가치를 되새겨준다. 다시 말하면 반드시 있되 영원히 도달할 수 없는 것, 바로 그것이 우리 삶의 세계인 까닭이다.

역설적으로, 우리 삶의 이상이 쉽게 이루어진다면 그것 또한 매우 불행한 일일 터이다. 왜냐하면 인간은 더 이상의 노력을 멈출 것이기 때문이다. 어찌 보면 우리는 영원히 도달할 수 없는 까닭에 끊임없이 그곳을 향해 나아가고 있는 것인지도 모르는 것이다. 우리 인간의 불가해한 삶의 바다를 인간과 수평선 사이의 절대적 거리로 비유해 보면 우리에게 주어진 삶의 역설적 의미가 선명하게 드러난다. 절대로 인간은 가능한 것이나 쉽게 이루어질 수 있는 것을 꿈꾸지 않기 때문이다. 그렇다고 인간의 꿈이 허황된 것은 아니다. 인간이 처한 존재의 비극성을 인식하고 거기에서 새로운 돌파구를 찾으려는 데서 솟아나는 것이 바로 우리의 희망이자 꿈이기 때문이다.